我们这一帮

Philip Roth

OUR GANG

[美] 菲利普·罗斯——著　　陆大鹏——译

上海译文出版社

对米尔德丽德·马丁（巴克奈尔大学）、罗伯特·莫勒（目前在安蒂奥克学院）和内皮尔·维尔特（芝加哥大学）三位老师的教诲和鼓励，学生至为感激。

……我记得，我经常和我的主人说到有关世界其他地方的人的本性，在这种时候，我曾谈到过“撒谎”和“虚情假意”，他费了好大劲才明白我说的是什么意思，尽管他在其他方面表现出具有敏锐的判断力。因为他是这样理解的，说话的目的就是我们能相互理解，获取有关事实和信息，而现在如果有人在说“没有的事”，这一来就完全失去了说话的目的。由于我不可能完全理解他，我听了他的话却不理解他的意思，这要比无知更糟。这就好比一样东西明明是白的，却让我相信它是黑的，明明是长的却说成是短的。这就是他得到的关于“撒谎”这个毛病的全部概念，而人这类动物，对此却了解得非常透彻，而且全都会撒谎。

——乔纳森·斯威夫特《格列佛游记·慧骃国之旅》，一七二六年……你应当承认当前的政治混乱与语言的堕落是有关联的，你或许可以从语言这方面着手，对情况加以改善。……政治语言——从保守党到无政府主义者，这一点对于所有的政党都一样，只是略有差异而已——就是为了让谎言听上去煞有介事，将谋杀变成可敬之举，让空穴来风的传言听起来真实可信。

——乔治·奥威尔《政治与英语》，一九四六年

* 此处译文分别参考了上海译文出版社《格列佛游记》孙予译本和《政治与英语》陈超译本。

目 录

从个人信念和宗教信仰出发，我认为，将堕胎作为控制人口的手段是不可接受的。另外，不受限制的堕胎，或自由选择堕胎[①]，违背了我的个人信念。我相信人类生命的神圣性，即便尚未出世的生命也是神圣的。因为，未出世的人也有自己的权利，这种权利受法律认可，甚至也得到联合国阐发的原则的承认。

——理查德·尼克松

圣克莱门特，一九七一年四月三日

① Abortion on demand是美国女权运动史上的一个概念，指的是女性对自己的身体有完全的控制权和决定权，自己提出需要堕胎的时候，就可以这么做，而不应受任何法律法规的限制。

一　滑头[1]安慰一位苦恼的公民

公民：总统先生，您在四月三日的演说里大力捍卫人类生命的神圣性，包括尚未出世的生命的神圣性。我祝贺您。您能如此表态，需要很大的勇气，尤其是考虑到十一月大选的结果。

滑头：嗯，谢谢你。我知道，当然咯，我本来可以摆出更受民众欢迎的立场，去反对人类生命的神圣性。但坦率地讲，我宁愿恪守自己的信念、只当一届总统，也不愿意曲意逢迎去当两届总统。毕竟，我不仅要考虑我的选民，还要对得起自己的良心。

公民：总统先生，我们无不对您的良心五体投地。

滑头：谢谢。

公民：不知可否问您一个关于卡利少尉[2]的问题。他因为在美莱村杀死二十二名越南平民而被判了刑。

滑头：当然了。我想，你提起这事，一定是想把它当作我不愿谄媚大众的又一例证。

公民：此话怎讲？

滑头：卡利少尉被判刑之后，公众奔走疾呼，为他鸣冤。对我这个军队最高统帅而言，最受群众欢迎的做法当然是将那二十二名手无寸铁的平民判刑，控告他们合谋杀害卡利少尉。但如果你读报纸的话，就会看到我拒绝那么做。我选择去核查卡利是否有罪，而不是去检查那些平民是否有罪。我刚才说了，我宁愿只当一届总统，也要坚守自己的信念。我们既然已经谈到了越南的问题，可否让我把一个问题讲得更清楚些？我绝不会干涉他国内政。如果阮总统③有足够的证据，愿意根据越南的某种与祖先崇拜有关的法律，对那二十二名美莱村村民作死后审判，那是他的事情。但我向你保证，我绝不会干涉越南司法体制的运作。我相信，阮总统和依法选举出来的西贡官员自己就“对付”得了法律秩序的事情。

---

① “滑头”（Tricky）影射理查德·尼克松。尼克松在美国政坛有“滑头迪克”（Tricky Dick）的绰号。

② 威廉·卡利（1943— ），美国陆军军官，在美越战争期间于 1968 年 3 月在越南美莱村参与屠杀平民事件。美国军方的官方报告指称 168 人死亡，也有说法称死亡人数在 400 人到 500 人之间。美莱村屠杀的消息被美国陆军封锁了一年，后来由美国记者西莫·赫什揭发，1969 年 11 月 12 日《纽约客》杂志刊出屠杀丑闻，导致美国境内反战情绪高涨，国际社会哗然，一致以“道德破产”加以责难。卡利起初被判终身监禁，国内反响激烈，有人认为量刑过重，也有人因为被起诉的 25 人中只有卡利一人被判刑而愤慨。尼克松多次努力，为卡利减刑。最终卡利仅在兵营内被软禁三年半就被释放。本书影射尼克松巧言令色地百般为卡利开脱。

③ 指南越将军和政治家阮文绍（1923—2001），他于 1965 年至 1975 年担任越南共和国（南越）总统。

公民：先生，让我苦恼的问题是，我完全赞同您关于人类生命的神圣性的信念，但——

滑头：这很好。我敢打赌，你也是个橄榄球爱好者吧。

公民：是的，我也是球迷。谢谢您，先生……我在未出世的生命的问题上完全同意您。但让我非常苦恼的是，卡利少尉有可能帮人堕了胎。总统先生，我很不情愿这么说，但是，让我非常困扰的是，卡利少尉杀死的二十二名越南平民中或许有一位孕妇。

滑头：稍等片刻。我国的司法传统是疑罪从无。美莱村的沟渠里有婴儿，我们也知道那儿有各个年龄段的妇女，但我没有看到一份文件能够证明美莱村的沟渠里有孕妇。

公民：但是，先生，假如那二十二人中当真有一个孕妇呢？假如您在核查卡利少尉案件的时候发现了这样的事实呢？因为您本人坚信人类生命的神圣性，包括尚未出世的生命的神圣性，如果卡利少尉真的帮人堕了胎，您会不会因此驳回他的上诉？我必须承认，我坚决反对堕胎，这样的事情会对我作决定产生很大影响。

滑头：嗯，你能这么开诚布公，非常诚实。但我想，作为训练有素的律师，我应该能以更冷静客观的态度看待这个问题。首先，我要问，卡利少尉在杀死这名妇女之前，是否已经知道她是孕妇。显然，如果她还没有“显怀”，你一定会公允地作出结论，卡利少尉不可能知道她是孕妇，因此决不能算是给她做了堕胎。

公民： 但假如她告诉他，自己怀孕了呢？

滑头： 问得好。她的确可能会试图告诉他。但卡利少尉是美国人，只会说英语；而美莱村村民是越南人，只会说越南语。他们之间不可能有口头交流。至于手势语言，美莱村村民如果说还不算彻底发疯，看上去一定歇斯底里。如果卡利少尉无法理解她的手势，也不能就因此把他绞死吧？

公民： 是的，那样就不公正了，对吧。

滑头： 概括一下，如果该妇女还没有“显怀”，我们就不能说卡利少尉执行了不可接受的人口控制手段。他所做的事情就不违背我对人类生命的神圣性，包括尚未出世的生命的神圣性的信念了。

公民： 但是，先生，假如她已经“显怀”了呢？

滑头： 嗯，那么，作为优秀的律师，我们要问另一个问题，即卡利少尉是否相信该妇女是孕妇；或者，一时激动之下，他是否误认为她仅仅比较肥胖而已？我们要像赛后批评球队那样，去批评美莱村的事情，这固然没什么问题，你知道的。但是，那里正在打仗，你不能总是苛求军官在围捕手无寸铁的平民时能准确区分普通的肥胖越南妇女和处于怀孕中期甚至后期的孕妇。如果孕妇都能穿孕妇装，那当然能帮助咱们的小伙子分清楚。但她们不那么干，她们所有人似乎都整天穿着睡衣转来转去，所以我们几乎没有办法分清谁是男的、谁是女的，更不要说分清谁怀孕、谁没有了。不可避免地——这就是战争的不幸之一——会出现混乱，搞不清谁是谁。我知道，我们在尽最大努力向越南小村庄运送美国式的孕妇装，好让咱们执行屠杀的军人更容易辨认孕妇。但是，你知道，这些人有自己的生活方式。很多明明对他们有好处的事情，他们也不肯听话。当然，我们不会强迫他们。毕竟，我们去越南就是为了这个，是为了让越南人民得到根据自己的信仰和风俗选择生活方式的权利。

公民：换句话说，先生，如果卡利少尉推断那名妇女是肥胖，而不是怀了孕，那么他所做的事情就不违背您对人类生命的神圣性，包括尚未出世的生命的神圣性的信念了。

滑头：完全正确。我向你做最诚挚的保证，如果我发现他推断该妇女是肥胖而不是怀了孕，我绝不会驳回他的上诉。

公民：但是，先生，假设，仅仅是假设，他的确知道那是个孕妇呢。

滑头：那么，我们要直面问题的核心了，是不是？

公民：恐怕是这样，先生。

滑头：是的，我们要直面“自由选择堕胎”的问题了。我必须承认，从个人信念和宗教信仰出发，我认为这是不可接受的。

公民：自由选择堕胎？这是什么意思？

滑头：如果这个越南妇女自己来到卡利少尉面前，要求他给自己做堕胎手术……我们来假设，她是那种不洁身自好的姑娘，春宵一度，珠胎暗结，但又不愿意承担这份责任。不幸的是，我们这里和他们那里都有这种人，与社会格格不入的人、游手好闲的流氓、作风败坏的骚货、一粒老鼠屎坏了一锅粥……我们假设，这个越南妇女自己来到卡利少尉面前，拿着，比方说，别人帮她用英语写好的条子，要求他给自己做堕胎手术。而卡利少尉就在当时紧张激烈的情绪中给她做了堕胎，导致她在过程中死去……

公民：对。这些我都理解。

滑头：嗯，我就是想，在那种情况下，她的罪孽是不是和卡利少尉一样深重，如果不是比他更深重的话？我就是在考虑，这个案件究竟是不是应当交给西贡法庭来审理。咱们都要实话实说：如果不是你自己要求做堕胎手术，你就不会因为堕胎而死。如果不是你把自己拖进需要堕胎的困境的话，这些事情都不会发生了。这个显然是很清楚的吧。

公民：很清楚，先生。

滑头：因此，即便卡利少尉确实做了“自由选择堕胎”的事情，在我看来，请注意，我是严格以律师的身份来讲，还是有理由对他宽大处理，其中一个重要理由就是，他是在战场条件下试图做外科手术。我记得，有不止一个医务兵做的还没这么多呢，也得到了嘉奖。

公民： 嘉奖什么？

滑头： 当然是嘉奖他们的勇气。

公民： 但是……但是，总统先生，假如那根本不是“自由选择堕胎”呢？假如，她根本没有要求卡利少尉给自己做堕胎手术，或者根本没有问，或者根本不打算堕胎，卡利少尉就给她做了呢？

滑头： 你的意思是，卡利这么做就是直截了当地为了控制人口？

公民： 呃，我的意思是，卡利这么做就是直截了当的谋杀。

滑头（思忖着）**：** 嗯，当然了，那就是一个棘手的问题了，是不？就是我们律师说的“假定情形”，是不？你应当记得，我们只是在假设美莱村的沟渠里的确有个孕妇。那么假设沟渠里没有孕妇呢？事实上，从各方面的证据来看，这才是事实。那么我们涉及的就完全是学术讨论了。

公民： 是的，先生。如果那样的话，就的确只是学术讨论了。

滑头： 虽然只是学术讨论，但并不是说它对我本人就没有很大的价值。在核查卡利少尉案子的时候，我会特别注意去调查，是否有蛛丝马迹能够表明美莱村的沟渠里有一个孕妇。如果有这样的证据，如果我在对卡利少尉不利的证据中发现了任何东西，任何违背我对人类生命的神圣性，包括尚未出世的生命的神圣性的信念的东西，我就取消自己当法官的资格，把整个案件移交给副总统。

公民：谢谢您，总统先生。知道了您的决心，我们的良心都能安稳了。

二　滑头召开记者招待会

马屁先生： 总统先生，您于四月三日在圣德莱门痴[①]发表的声明引发了很多讨论。大家关注的焦点是，您斩钉截铁地宣称，您坚定地信仰未出世者的权利。很多人似乎认为，您是未出世者权利的伟大捍卫者，就像马丁·路德·金捍卫美国黑人，已故的罗伯特·F. 魅力[②]捍卫墨西哥裔和波多黎各裔那样。有人说，您的圣德莱门痴声明将和金博士著名的《我有一个梦想》演说一道流芳千古。您认为这些比拟恰当吗？

滑头： 当然了，马屁先生，马丁·路德·金是个了不起的伟人，现在他已经死了，所以我们肯定能认识到他的伟大了吧。他是为自己的民族争取平等权利的伟大领袖，是的，我的确相信他会名垂青史。但当然了，我们不能忘记，他不是美国总统，没有宪法赋予的权力。而我是美国总统，拥有宪法赋予的权力。大家要牢记这个区别。我相信，在宪法的框架之内我能为全国的未出世者做的工作，要比金博士在宪法框架之外为单独一个种族的已出世者做的多得多。我说这话，绝不是批评金博士，而只是简单地陈述事实。当然，我知道，金博士为斗争牺牲了自己的生命，因此让我再向我的敌人及未出世者的敌人强调一下：认清形势，他们对马丁·路德·金做的事情，对罗伯特·F. 魅力和他之前的约翰·F. 魅力（他们都是伟大的美国人）做的事情，绝不会吓倒我，绝不会阻挠我在未来的斗争。极端主义者、过激分子或者崇尚暴力的疯子都吓不倒我，绝不会阻挡我把公义与平等带给那些生活在子宫内的人们。让我再清清楚楚地强调一遍：我说的不仅仅是胎儿的权利。我说的还有显微镜才能看得到的胚胎。如果说我国有一群人是真正的“弱势群体”，换言之，他们在政府内没有任何代言人，也没有申诉鸣冤的渠道，那么这个弱势群体不是黑人，不是波多黎各裔，也不是嬉皮士，或其他什么人，因为这些人都有自己的代表为其摇旗呐喊，而是这些居住在胎盘上的极小的生物。

你知道，我们都看电视，看到那些示威者，还有暴力冲突。很遗憾，只有这种事情才能算有新闻价值。但我们当中有多少人认识到，在我们这个伟大的国度，有千百万胚胎在经历最复杂和

---

① 暗讽尼克松发表关于堕胎的演说的地点圣克莱门特。

② 影射美国政治家罗伯特·弗·肯尼迪（1925—1968），他是第 35 任美国总统约翰·菲·肯尼迪的弟弟。罗伯特曾担任司法部部长，后参选总统，最后与兄长一样遇刺身亡。

艰苦的形态与结构变化，却从来没有向摄像机镜头挥舞标语、扰乱交通、泼洒油漆、口出恶言，或者身穿奇装异服。大胆先生，你有什么问题？

大胆先生：但是，副总统不是说，有些胎儿是“捣乱分子”吗？我相信，他指的是那些五个月起就开始乱踢乱打的胎儿。您是否同意，他们是“对社会不满分子”或者“忘恩负义的家伙”？如果您同意的话，又将采取哪些措施来控制他们呢？

滑头：嗯，首先，大胆先生，我相信，我们在这里要处理的是一些非常微妙的法律上的概念区分。幸运的是（淘气、讨人喜欢的微笑），我本人就是个律师，受过相关的训练，能够把这些微妙的概念搞清楚。（又严肃起来）我认为，在这个问题上我们务必非常小心仔细，我确信，副总统一定会同意我作这样的区分：在子宫内踢打（副总统说的就是这种活动）和在子宫内运动。你看，不管你在电视上听到什么，副总统并没有说所有在子宫内活跃的胎儿都是捣乱分子。本届政府没有人会这么认为。事实上，我刚刚和司法部部长恶毒先生及联邦调查局的驴叫先生[①]交

① 影射约翰·埃德加·胡佛（1895—1972），他从1935年至1972年逝世为止担任美国联邦调查局局长，任职长达三十七年。胡佛生前在美国民众中声望很高，但是死后有关他的争议却越来越激烈。他利用联邦调查局骚扰政治异见者和政治活动分子，收集整理政治领袖的秘密档案，还使用非法手段收集证据。许多批评者认为，他的行为已经超出了联邦调查局的职责范围。

换了意见，我们都同意，在孕期五个月之后，胎儿在子宫内有一定的运动，这不仅是不可避免的，而且是正常妊娠过程中的好现象。但说到“在子宫内踢打”的事情，我向你保证，美国妇女的肚子遭到一群凶暴的五个月大的胎儿踢打，本届政府绝不会袖手旁观。总的来讲，我必须着重强调这一点，我们美国的未出世者和世界上其他任何地方的未出世者一样优秀。但其中有少数非常狂暴，就是副总统用他那激情洋溢的言辞描述的“捣乱分子”和“对社会不满分子”。我认为他这么描述是公正的。另外，我已经指示司法部部长，对这些坏分子采取适当的措施。

大胆先生：冒昧地问一下，适当的措施是什么样的措施呢？会不会将狂暴的胎儿逮捕？如果是这样的话，具体如何执行呢？

滑头：大胆先生，我想我们可以自信地说，我们拥有全世界最优秀的执法机构。我非常确信，司法部部长恶毒先生能够解决任何程序上的问题。恭敬先生，你有什么问题？

恭敬先生：总统先生，您能不能告诉我们，在内政外交各种严峻问题的持续压力之下，您为什么决定投入全副精力来处理胎儿权利这个此前被忽视的问题呢？您在这个问题上好像非常激动和热心，这是为什么呢？

滑头：因为，恭敬先生，我绝不容忍我们国民生活的任何领域出现不公正行为。因为我们的社会是一个公平正义的社会，它不仅属于富人和特权者，还属于我们当中最弱势的群体。你知道，这段时间里你听到很多“黑人力量”“女性力量”的说法，这个力量那个力量的。但“未出世者力量”呢？虽然他们还只是膜组织，难道就没有权利吗？我本人认为，他们有自己的权利，我打算为捍卫他们的权利而斗争。精明先生，你的问题是什么？

精明先生：总统先生，您一定知道，有人说，您在这个问题上完全是受政治考虑驱动的。您能就此发表一下意见吗？

滑头：嗯，精明先生，我想，他们就是这么愤世嫉俗地描述我的计划的。我打算提出一项宪法修正案的提案，赋予未出世者选举权，让他们能赶上一九七二年的大选。

精明先生：我相信，他们指的就是这个，先生。他们的说法是，由于选举年龄已经降低到了十八岁，民主党可能会得到一些额外的票数，如果您赋予未出世者选举权，就能抵消民主党的这个潜在优势。他们说，您的大选策略顾问已经做出了结论，即便您得不到十八岁至二十一岁选民的选票，但如果能赢得南方、加利福尼亚州的支持，以及全国的胚胎和胎儿的选票，就一定能够赢得连任。您对“未出世者力量”突然表现出的兴趣，受到了这样的政治解读，它有没有任何真实性呢？

滑头：精明先生，对于你这个问题，我要从我个人的角度来回答，让你自己以及电视机前的观众评判是非。我向你保证，我对专家的意见非常了解。我对其中很多专家都非常尊重，他们当然有权发表任何意见，但我们自然希望他们的言论符合国家利益……但我要提醒你以及所有美国人，因为这个事实在整个辩论中似乎都被忽视了：在未出世者权利这个问题上，我绝非姗姗来迟的后进分子。事实非常简单，档案中记载得一清二楚，所有人都可以去查阅：我本人也曾是伟大的加利福尼亚州的一名未出世者。当然了，从电视上，以及你们当中一些先生写的报纸文章上，你们可能看不出这一点（淘气、讨人喜欢的微笑），但事实的确如此。（重又严肃起来）说得更准确些，我曾是个未出世的贵格会教徒。我还要提醒大家——考虑到他受到的恶毒和盲目的攻击，有必要再次提醒大家——“叫什么名字来着”副总统[1]也曾是个未出世者，曾是个未出世的希腊裔美国人，并且为此自豪。今天早上我和他还在谈这个呢，谈他曾是个未出世的希腊裔美国人，以及这对他的意义。猪油部长也曾是个未出世者，怪老头部长也是，还有司法部部长。我可以把我的内阁成员一个个列举出来，这些优秀人士都曾是未出世者。就连反复无常部长，你知道的，我和他曾有过意见分歧，他曾是我们团队的一员，他也

① 影射斯皮罗·阿格纽（1918—1996），他曾担任尼克松的副总统，后被指控勒索、逃税、受贿和密谋而辞职。文中“他受到的恶毒和盲目的攻击”指的就是他受到的这些指控。

曾是未出世者。

如果你看看共和党参众两院的领导层，就会发现很多人在当选公职很久以前都曾是未出世者。他们来自我国的几乎所有地区，来自我们这个伟大共和国全境的乡村、工业城市和小镇。我的太太也曾是未出世者。你们还记得，我的孩子也曾是未出世者。

如果他们说迪克松关注未出世者的问题完全是为了拉选票……嗯，我只希望你们想一想，我在公共和私人生活中与上述这么多曾经是未出世者的人有密切联系，请你们自己斟酌是非曲直。事实上，我想，精明先生，你会看到，随着日子一天天过去，我国公民会渐渐认识到，美国的胎儿和胚胎终于有了能捍卫他们权益的人，那就是本届政府。迷人小姐，我看到你抬了抬眉毛，是有问题吗?

迷人小姐：我想问，先生，骗子·B. 约翰逊总统[1]在入主白宫之前也曾是未出世者。而他是个民主党人。您对这个怎么看?

滑头：迷人小姐，我要第一个为我的这位前任鼓掌，因为他也曾是未出世者。我毫不怀疑，他在进入公共生活之前，在得克萨斯也曾是一个顶呱呱的胎儿。我并不是说我的政府在历史上首

① 影射林登·贝·约翰逊（1908—1973），他于1963年至1969年担任美国总统，在他的领导下，美国积极介入越南事务，在越南的战争升级。

次认识到胎儿权利的问题。我的意思是，我们打算出台一些具体措施。务实先生，请发言。

务实先生：我想请您谈谈，赋予未出世者选举权会带来哪些科学问题。

滑头：嗯，当然了，务实先生，你的“科学”这个词是抓到点子上了。这的确是个令人望而生畏的巨大的科学问题——我们必须清醒地认识到这一点。另外，我知道，明天的报纸上肯定会有人说，这是办不到的，是行不通的，是个乌托邦式的梦想，诸如此类。但你一定记得，一九六一年，魅力总统在国会发表演说，宣布我国将在十年期结束之前实现人类登月，当时也有人给他贴上异想天开的标签。但我们成功了。在美国技术和美国式团队精神的帮助下，我们成功了。所以我也满怀信心，我们的科研人员一定会竭尽全力地把选举权带给未出世者，而且不是在本十年期结束之前，而是在一九七二年十一月之前就能成功。

务实先生：先生，您能不能估计一下，这个项目要花多少钱？

滑头：务实先生，十天之内我就会向国会提交预算的建议草案，但我现在要说的是，没有牺牲，就不会有伟大的成就。根据我的科学顾问做的草案，相关的科研不可能是“廉价”的。毕竟，我们现在讨论的是民主的基本原则：选举。这样的举措不仅对我们的国家，对全人类都是一个巨大的进步。在采取这样的措施时，我相信美国国会议员绝不会玩弄政党政治。这一举措对欠发达国家人民的影响将是不可限量的。

俄国人甚至不允许成年人投票选举，而在美国，我们正在投入纳税人的几十亿美金开展一项科研工作，旨在让那些看不见、不能说话、听不着甚至不能思考的人也能拥有选举权。我们愿意把我们的小伙子送到遥远国度去打仗，乃至丢掉性命，为的就是让手无寸铁的人民能够有权通过自由选举选择自己想要的政府。如果，与此同时，我们在国内却继续拒绝将选举权赋予一大群本国公民，仅仅因为他们住在胎盘上或是子宫内，而不是住在纽约市，那岂不是一个悲剧性的讽刺吗？岂不是国民思想混乱乃至伪善的突出体现吗？“逮住我的矛盾”先生，你的问题是什么？

“逮住我的矛盾”先生：总统先生，我很震惊，到今天为止您的形象一直是，如果说不算完全与年轻人的生活方式和思想隔阂的话，您也肯定非常质疑年轻人的智慧。那么，假如允许我使用这个词的话，您这么做——支持那些不仅仅是“年轻”，而是尚在腹中的人的权益——难道不是转了一个一百八十度的弯吗？

滑头：嗯，我很高兴你提出这一点，因为它又一次证明，我是多么与时俱进、灵活变通，而且我总是愿意倾听任何一个少数群体的呼吁，并给出回应，不管这个群体多么弱小，只要它的呼吁是合情合理的，而且这个群体不搞暴力活动、骂脏话和喷洒油漆。这些小生物体的例子足以证明，不需要在白宫草坪安营扎寨地示威，也能把总统的注意力从橄榄球比赛吸引过来。我跟你说啊，他们缄默的尊严和礼貌给我留下了极佳印象。我只希望，所有美国人都能像我一样，为我们的未出世者而自豪。

着迷先生：总统先生，我对这个问题的技术方面非常着迷。您能不能给我们透露一点，未出世者究竟怎么投票呢？最让我感兴趣的是，那些生长在胎盘上的胚胎还没有生长出神经系统，更不要说肢体了，如何在普通投票机上投票呢？

滑头：嗯，首先，我要提醒你，根据我们的宪法，残障人士同样享有选举权。我们的国家可不会因为某人身体残疾就剥夺他的选举权。我们国家有很多了不起的残障人士。但是，当然了，他们可不像示威者那样是哗众取宠的“新闻材料”。

着迷先生：我没有说仅仅因为这些胚胎没有中枢神经系统，就要剥夺他们的选举权。我是在考虑这其中的神奇的技术性原理。例如，如果胚胎不能读报纸或看电视新闻，它们究竟如何对候选人斟酌比较，从而做出睿智的选择呢？

滑头：嗯，在我看来，你说的恰恰是未出世者应当拥有选举权的最有力论据，这个论据能够说明，为什么在以前漫长的时期内拒绝赋予未出世者选举权是一桩罪行。终于，我们有了一大群聪明的选民，他们不会被各种媒体播放给美国公众的充满偏见的扭曲事实所欺骗和误导。理智先生，你的问题是什么？

理智先生： 那么，总统先生，他们如何在脑子里，或卵黄里，或细胞核里，或者不管那叫什么玩意儿里，做出决定呢？有人或许会认为，他们会对大选的重大意义非常无知。

滑头： 他们会是无知的，理智先生。但是，让我问你，以及电视机前的观众一个问题：一点无知又有什么错？我们的社会里有污言恶语，有愤世嫉俗，有受虐狂，有捶胸顿足，或许无知正是让我国再次伟大的一剂良药。

理智先生： 您想要更多的无知吗，总统先生？

滑头： 理智先生，如果我要在暴乱、动荡、冲突、心怀不满和更多无知这二者之间选择，我宁愿选择无知。硬鼻先生，请发言。

硬鼻先生： 总统先生，假如赋予未出世者选举权的修正案在七二年大选前确实得以通过，那么您有什么理由相信，获得选举权的胚胎和胎儿一定会投您的票，而不是选择您的对手民主党呢？而且，打滚州长会怎样呢？您认为，如果他再次参选的话，会不会从您手中夺走很多胎儿的选票，尤其是在南方？

滑头： 硬鼻先生，我这么说吧：我对亚拉巴马州的乔治·打滚州长[1]，以及来自明尼苏达州的休伯特·空洞参议员[2]都心怀最高的敬意。他们都是精明强干的人，而且我确信，他们坚定不移地分别支持极右和极左派。但事实是，尽管他们都信奉极端主义，我从未听到过这两位先生大声疾呼地支持美国最弱势的群体，即未出世者。

因此，我必须坦诚地说，当大选到来时，全国的胚胎和胎儿有可能会想起，是谁一直在为他们的权益而奋斗，又是谁只关注当前更能迎合大众的、更时髦的话题。我想，他们会记起来，是谁在外战未休、国内又爆发种族危机的情况下，仍然倾注了自己的全副身心，一心要让未出世者能够骄傲地在这个国家生活。

我唯一的希望是，我在任期内取得的成就有朝一日会有助于更美好世界的出现。在那个世界里，所有人，不管种族、宗教信仰或肤色，都可以成为未出世者。我想，如果我有一个梦想的话，就是这个了。谢谢，女士们、先生们。

马屁先生：谢谢您，总统先生。

---

① 暗讽美国政治家小乔治·华莱士（1919—1998），多次担任亚拉巴马州州长。在20世纪60年代的民权运动期间，华莱士作为保守派的代表声名鹊起。华莱士曾四次参选美国总统。

② 暗讽美国政治家休伯特·汉弗莱（1911—1978），曾任明尼苏达州参议员，1965年至1969年间出任第38任美国副总统，1968年代表民主党角逐美国总统，但最后败给共和党候选人尼克松。

三　滑头又遇到一场危机或策略研讨会

滑头穿着那套橄榄球运动服，就是他在普雷西厄学院当了四年板凳队员时穿的那套。它就像大约四十年前他刚领到时一样崭新，尽管每当他在总统职务的重压之下在夜间感到困惑或苦恼，以至无法入眠的时候，就常常会起床，蹑手蹑脚穿过白宫，来到防爆的地下运动员更衣室（这是在他的领导下，按照巴尔的摩小马队和核能委员会提供的具体规格建造的），然后“披挂上阵”，似乎要参加针对普雷西厄学院的“传统对手”的“大赛”。就像入侵柬埔寨①和肯特州立大学枪击事件②期间一样，只要穿上护肩、防滑鞋，戴上头盔，把舒适的球裤往上拉、盖过他的皮制下体护身，然后扭过头去照照镜子，越过自己宽阔的肩膀瞥一眼背上的号码，就足以让他自信爆棚，坚信自己为了两亿美国人民的利益所采取的行动是天经地义的。事实上，到目前为止，即便在最令人难以置信的外交错误和内政灾难期间，只要穿上橄榄球运动服，再看上一部精彩的战争片，他就能做到“冷静、自信和果断”。在他的《六百次危机》③里，他就是这样描绘真正的领袖应当具有的素质的。一九五八年他作为副总统访问加拉加斯的时候遇到了暴乱，他把自己从此次暴乱中学到的关于领导力的知识总结到了《六百次危机》里：“在此类情况中，最关键的并非面对危险的‘勇气’，而是必须‘无私’地思考，把注意力全部集中到如何应对危险上，借此将所有个人安危的念头抛到脑后。”

但今晚，即便向穿衣镜大呼小叫地发出讯号，并假装淡出镜头、举起一只胳膊，看见了一名前场接球手（同时面对敌方冲锋），他也没能把个人安危的念头都抛到脑后；至于“无私”地思考，更是进展甚微。他在镜

---

① 指1970年中期，在尼克松领导下，美国与南越军队进入柬埔寨境内，打击驻扎在柬埔寨领土上的越南共产党军队。

② 1970年5月4日，在美国俄亥俄州肯特州立大学，学生开展了反对美军入侵柬埔寨的抗议活动。国民警卫队向无武装的学生射击，导致四人死亡，九人受伤，其中一人终身残疾。此事在全国引起了巨大反响，全国有四百万学生罢课，上百所大学、中学因此关闭。这次枪击事件影响了民众对于美国在越战中所扮演角色的看法，意义极其深远。

③ 影射尼克松的著作《六次危机》。

子前模拟比赛达两个钟头整，一百次前传成功了八十七次，一夜的传球距离累计两千六百一十码（创造了白宫的新纪录），但他仍然无法集中注意力于如何应对眼前的危险，于是决定唤醒他最亲信的顾问，把他们召集到地下更衣室，召开一次橄榄球术语所谓的“策略研讨会”。

在白宫门前，每位顾问都从特勤局特工那里领了一套橄榄球运动服。这名特工乔装打扮成普通更衣室服务员的模样，穿着运动裤、帆布胶底运动鞋和印有“白宫财产”字样的T恤衫，但是肩膀上挎着手枪套。

“教练”们①坐在大黑板前面的长凳上，认真地听手里托着头盔的滑头向他们描述，究竟是什么危机让他无法做到完全无私。

滑头：我搞不懂。这些兔崽子怎么能这么说我？他们怎么能唱着那些口号，挥舞那些招牌——这么说我？先生们，所有的报告都表明，他们一个钟头比一个钟头更乖张、更放肆。到明天早上，我们可能要面对史上最令人难以置信的动乱：美国童子军的革命！（为了冷静下来，并增强自信和果断，他戴上了头盔）

---

① 以下的这几位教练都是影射尼克松的内阁成员，包括基辛格等。

那些爱发脾气的越战军人跑到国会大厦退回勋章，是一码子事。大家都知道，他们不过是一帮心怀不满分子，缺胳膊少腿，闲得无聊，就知道一瘸一拐地乱转悠，唉声叹气地顾影自怜。他们当然不能客观地看待战争了，因为他们中有一半人因为战争坐上了轮椅。但我们现在面对的可不是一群不知好歹的暴徒，而是童子军！

你们可千万不要以为，一个童子军，一个鹰级童子军[①]爬到国会大厦台阶最顶级，骂美国总统是“下流的老不要脸”，美国人民就会置若罔闻了！诸位一定要认识清楚，如果我们不冷静、自信和果断地处置好这些愤怒的童子军，就像我当初在那个厨房和赫鲁晓夫打交道[②]那样，到明天早上，我就会变成美国历史上第一个比骗子·B. 约翰逊更遭人仇恨和鄙视的总统。先生们，当总统的可以在没有国会授权的情况下出兵打仗，可以把经济搞

---

① 鹰级童子军是美国童子军的最高级别，往往是各方面技能突出、有领导能力的优秀人士。

② 指“厨房辩论”，即 1959 年 7 月在莫斯科举行的美国国家展览会开幕式上，时任美国副总统的尼克松和时任苏联部长会议主席的赫鲁晓夫之间的一场关于东西方意识形态和核战争的论战。整个展馆都布置了美国人心目中每个国民能拥有的一切，其中有大量现代化、自动化的休闲娱乐设备，以显示在资本主义制度下美国规模巨大的商品经济和市场经济的繁荣。辩论正是发生在一座美式别墅样板房的厨房展台。这场辩论之所以被称作“厨房辩论”不仅因为这次辩论发生在厨房，更是因为尼克松巧妙地把辩论的焦点转移到了诸如洗衣机之类的家用电器上，而不是武器之类，宣传了美国的和平信念，更突显了苏联在日常科技方面的劣势。大多数美国人认为尼克松赢得了这场辩论，他在本国的威信也因此大大增加。

得一团糟，可以践踏《人权法案》，但如果侵犯了童子军的道德准则，就绝无希望成功连任本国的最高职位！

但当我在圣德莱门痴演说时，它完全是……我就不谦虚了，我的演说精彩纷呈，而且无伤大雅。演说结束五分钟之后，我自己都不记得自己在演说里支持了什么。我的政敌居然一心想要把我赶下政坛，无所不用其极，他们居然，不仅仅对我本人，还对庄严的总统职位如此不尊重，居然把我在那天说的几句完全无害、没有任何意义的空话扭曲成这样可怕的谎言！

先生们，在政治这个龌龊游戏里，我也不是初来乍到。我见过五花八门的花招诡计——篡改曲解、错误引用、歪曲事实、花言巧语，当然了，还有直截了当的封锁真相。至于诽谤人格的技艺，我也不是三岁小孩。多年前，参议院约瑟夫·麦卡灾[①]指控国务院里隐藏有共党分子。仅仅因为他指控的共党分子的数量不断变化，他们就把他钉上十字架。当时我看到这个情景，既憎恶又恐惧。我看到了他们最近如何对付卡斯韦尔法官[②]。我看到了他们如何对付海恩斯沃斯法官[③]。也就是上个月吧，猪油部长把

---

① 影射美国政治家约瑟夫·麦卡锡（1908—1957），反对共产主义的活跃分子。

② 乔治·哈罗德·卡斯韦尔（1919—1992），美国联邦法官，曾被尼克松提名为最高法庭法官，但被指控有种族主义和反对女权的言行，最终未能就任。

③ 克莱门特·海恩斯沃斯（1912—1989），美国法官，曾被尼克松提名为最高法庭法官，但被指控支持种族隔离和压制劳工权利，最终未能就任。

那个假烟斗拿到参议院外交委员会，说是从老挝来的，而不是越南。不就是五英里的差别吗——他们居然要把他绞死！

但是，我必须承认，虽然我在漫长的政治生涯积累了对付谎言的丰富经验，但像我的敌人在当下散布的谎言那样阴险、那样不择手段的，我还从未遇见过……我说了什么啦？咱们看看档案记录吧。我什么也没说！绝对是什么也没说！我表示支持“未出世者的权利”。如果这不算是胡说八道，那天下就没有胡说八道了。完全是扯淡嘛！为了尽可能表达清楚这个意思，我甚至还补充说：“得到联合国阐发的原则的认可。”联合国阐发的。我都这么说了，大家都应该能听出我在信口雌黄了吧，我还能说什么呢？难道我还要说“得到美国汽车联合会阐发的原则的认可”？难道我还要用儿童黑话来发表整个演说，一边讲一边还做搞笑的表情？难道我还要穿着小丑服来发表演说？但我没有这么做——因为我拒绝用居高临下的口气向美国人民讲话。我拒绝绕弯子。我拒绝相信这个伟大国家的人民没有能力辨认出最丧心病狂的虚伪，或者嗅探出最明目张胆的自相矛盾……我如此信任美国，却得到了如此回报。美国童子军对着电视镜头大呼小叫，说滑头·E. 迪克松支持性交！支持人和人之间私通！

政治教练：当然了，总统先生，目前为止，造反的还只是童子军。

滑头：今天是童子军（他在黑板前的长凳上跌坐下去，几乎抑制不住哽咽）——明天就是全世界！……还有我太太呢，她会怎么想？如果她开始相信了，怎么办？我的孩子怎么办？**选民怎么办！**

精神教练：好吧，好吧，总统先生。对您的苦恼，我深表同情，尤其是这事牵涉到您的优秀的家人。但坦率地说，我不相信在电视上看过您的美国人民会比直接认识您的人更容易上当受骗，更容易被这种明目张胆的捏造所蒙蔽。如果说，有一个人的每一句话、每一件事情、每一个动作和姿态、每一个眼神、每一个嘲笑、每一个微笑都能证明这个诽谤指控是弥天大谎，那这个人一定是您。

滑头（明显被感动了）**：**牧师阁下，感谢您的赞扬。当然了，我努力不在全国民众面前表现出自己懂得性交是什么东西。另外，我已经向家人作了指示，他们在任何情况下都绝对不可以表现出，我们当中的任何人在一生中曾被欲望或肉欲感染，或者表现出对政治权力之外任何东西有胃口。这么说可能显得不谦虚，但我的确很为这一点感到骄傲：如果我不是在上电视的时候汗流浃背的话，美国人民可能永远不会有办法知道我其实是肉体凡胎。当然，你们都知道，几天前我在这个更衣室独自一人守夜时作了决定，我计划近期到沃尔特·里德医院做一个秘密手术，摘除上唇的汗腺，那么流汗的问题也会得到矫正。先生们，你们看，我就是这么执着地与一切和人类身体有联系的东西划清界限。

现在他们却向我提出了这样的指控！就好像我支持未出世者的权利就是一个初步证据——就是足够确立一个事实，或者提出事实假设的证据……我们律师的这个术语就是这个意思……你们知道，入主白宫之前我是个律师，所以我懂这样的术语——就好像那是一个初步证据，能够证明我同样支持未出世者形成的那个过程。就因为我发表了那次无伤大雅的演说，他们竟然指控我鼓励人们性交，好去制造未出世者，以便让未出世者能享有这些权利，而这些权利压根就不存在！他们还说，即便这些权利存在，我也不会关心！我怎么会呢？我是美国总统、自由世界的领袖，全身心地日夜操劳，一年苦干三百六十五天，唯一的目标就是成功连任。我哪有时间为了什么乱七八糟东西的权利而烦恼？他们难道都不知道我这个工作是干什么的？整个事情是彻头彻尾的荒谬！但是这些童子军却穿着制服，在首都大街游行示威——还有那些标语：

滚回加州，色鬼，滚回你的老家！

阴茎的权力？绝不！

性压抑——不要就滚！

精神教练（庄严地，抓住颓丧的总统的胳膊）：总统先生，原谅他们吧，他们都不知道自己的标语是什么意思。

滑头：哦，牧师啊牧师，我向你保证，在一般情况下，我一定会使出浑身解数去原谅他们。我相信，我是那种宽宏大量甚至能够宽恕最凶险敌人的大丈夫。我不仅原谅了阿尔杰·希斯[1]，后来我当选总统时，还给他发了一份匿名电报，感谢他为我做的一切。那人可是个伪证犯！听着，如果在政治上有利的话，我甚至可以原谅赫鲁晓夫，就在那个厨房里当众原谅他。

但是，牧师，我担心，在童子军这件事情上，我们为之奋斗的是一项对文明生活至关重要的原则，甚至我这样心胸开阔的人也必须奋起告诉他们“不行，这次你们太过分了”。牧师，他们这可是要阻挠我连任啊！

精神教练：我明白了，明白了……我必须承认，我之前没想到这一层。

---

① 阿尔杰·希斯（1904—1996），美国律师、政府官员、作家和教师。他作为美国国务院官员和联合国官员，曾参与联合国的组建。1948 年，他被指控为苏联间谍，于 1950 年因伪证罪被判刑。希斯案在美国引发了关于冷战和麦卡锡主义的广泛讨论。由于相关档案文件被封禁，至今仍然不清楚希斯是否真的是苏联间谍。

滑头：被迫去思考这个问题，可不是件愉快的事情。我们所有人都愿意带着善意和尊重去看待我们的同胞，不管他们的种族、信仰、肤色或年龄，并按照我们宗教信仰的宗旨去对待他们。在我国，最希望自己看上去笃信宗教的人就数我了。但是，牧师，有的时候，人们让我很难做到虔诚，尽管我从虔诚的姿态获益极大。

精神教练：但如果真是这样，如果这些童子军出于我们无法理解的原因要对您的主日学校的道德观提出非难，借此毁灭您的政治前途，那么或许您最好上电视把真相告诉大家。就像一九五二年大选有人指控您收受非法政治献金时您做的那样。切克斯演讲①。

滑头（颇感兴趣）**：**你的意思是，把那演说再作一次？

---

① 亦称“基金演讲”，是尼克松于 1952 年 9 月 23 日在电视和电台上作的演讲，当时他是副总统候选人。在此之前，有媒体报道说，尼克松有一个由早期支持者捐助成立的基金，用来支付他政治活动的经费。从法律上来说，这个基金并没有违反当时任何一条法律规定；从道义上来说，这个基金可以支付一些原本需要动用纳税人收入的费用，因此有一定的合理性；从实践上来说，当时许多政治人物都有类似的基金，尼克松并不是独树一帜。然而，媒体质疑的是尼克松有没有公款私用，有没有给捐助者特殊的回报，因为其他类似的基金确实有这样的情况出现。当时舆论的压力非常大，尼克松的候选人地位岌岌可危，于是他当机立断，发表了这次演讲，坦白地详细说明了这个基金的作用，并且公布了自己家庭的资产、负债情况。演讲的最后，他还欲擒故纵地表示，在他从政的生涯里，他确实收过一份礼物，那是得克萨斯州一位支持者在得知他六岁的女儿想要拥有一只小狗时送的一条西班牙猎狗“切克斯”，而且他表示无论什么情况，都绝不退还这份礼物。这次演讲扭转了局面，使尼克松得到广泛支持。这是政治家利用电视媒体影响选举的最早例子之一。

精神教练：呃，或许不能和那次一模一样。

滑头：为什么不行？那次不是很有效嘛。

精神教练：是的。但是，总统先生，那次演说似乎与当前问题没有直接联系。

滑头：或许没有。但是，牧师，你知道的，当你要应对如此疯狂和轻率的指控时，当你身处这样的危机中时——它随时可能像滚雪球一样演变成政治灾难——那么你就必须采取真正奏效的措施，至于“当前问题”这样的东西，以后再说吧。否则，恐怕就不会有什么“以后”了。

精神教练：嗯，总统先生，我不是政治家，我还必须承认，我可能天真到了不可救药的地步，甚至相信“真理必叫你们得以自由”①。但我的确认为，如果您不是把切克斯演讲重复一遍，不是详细列举您这么多年来的收入状况，以及欠父母多少钱之类，而是作一次类似的演说，向全国人民逐条列举您的性经历，给出约会日程表上的准确时间——何时，何地，与何人——那么您就可以放心地让美国人民评判，您到底是不是私通的倡导者。

滑头：你的意思是，把约会日程表公布到电视节目上……

精神教练：是的，并且要一页一页翻下去，直到最后发现一

① 典出《新约·约翰福音》，8：32。译文引自《圣经》（和合本）。

个可以大声朗读的条目。我相信，长长的沉默本身就是节目最有说服力的部分。

滑头：那么图表怎么样？画个图好不好？你看，我不知道大家会不会整夜坐在电视机前等着我说话。但是如果我们做一个图表，将我从事普通的人类活动——盘算阴谋、编排诡计、诽谤他人，等等——的时间和性交的时间做个对比，就一目了然了。

我还可以用教鞭！这样说可能有点不谦虚，但我相信自己在使用教鞭和图表方面，绝不逊色于全国任何一个教师，尽管，当然了，我是律师出身……我还要借一条狗！

嗯，你们其他人怎么看？

政治教练：坦率地说，总统先生，我认为，使用真相或是狗的想法，都是缘木求鱼。当然了，我们用过狗，还取得了一些成功。虽然我手头没有资料，但我很肯定，我们过去某个时候也曾用过真相。我现在一时也想不起来是什么时候用的了，但如果您要的话，我可以让秘书在早上查一查。但是，目前来看，我认为，考虑到那些童子军的歇斯底里，以及媒体对他们的报道，如果您上电视告诉大家，您一辈子只有过一次性交，或许是您在海军服役期间跨越赤道时的某种入会仪式，这整个过程持续了六十秒不到，而且您自始至终都特别讨厌那个事，在整个过程中您都拼命反抗，必须有人把您摁住，诸如此类，即便是这样，观众们也会认为，童子军对您的指控是真实的。

滑头（思考着）：当然了，如果你要排除掉狗和真相什么的，或许最好的办法是上电视把整个事情都否认掉。比如，说我从来没有过任何性经历。

政治教练（摇摇头）：您看过那些暴民的模样吗，总统先生？他们不会相信您的，在这个关口不会信。

滑头：如果我在卫生教育福利部发表声明，让卫生部部长站在我身边，让他读一份医学报告，证明我现在不能，过去也从来没有能力交媾，那怎么样？

精神教练：总统先生，我这么说可能在政治上又天真了，但您可是两个孩子的父亲啊……当然了，如果这在当前的语境下有什么意义的话……

政治教练：政治上天真，他娘的——这想得很好啊。

滑头：但是，我们为什么不能说，我的孩子都是领养的？

政治教练：不行，那也解决不了问题。即便我们能够证明，您不仅没有生育能力，而且是百分之百的性无能，即便我们能够让美国公众相信，这些外貌酷似您的孩子是领养的——请注意，如果有必要的话，这两方面我们都是办得到的——您在政治上仍然会受到损害，因为您把别人性交的产物带进了自己家中。您还是会被困在私通的问题上。

法律教练：的确是这样。一目了然的株连犯罪。如果我是法官，我会对您严惩不贷。另外还有一个反对的理由。如果您上电视说自己性无能的话，大多数人都不明白那是什么意思。我毫不怀疑，有一半人会以为您是说自己是同性恋。

政治教练：等一下！就一分钟！这样行吗，总统先生？

滑头：这样是哪样？

政治教练：您上电视说自己是同性恋。您愿意这么做吗？

滑头：哦，如果你认为这样有用的话，我肯定是会做的啦。

精神教练：但是，总统先生，肯定……

滑头：牧师，现在咱们说的可是我的政治前途啊！恕我直言，政治教练是专业搞政治的，就像你是专业搞宗教的一样。如果他说，在当前这种情况下，真相啊，狗啊什么的帮不了咱们，我就得断定，他说得有道理。毕竟，伟大领袖的一个标志就是，他愿意倾听问题的方方面面，而不是被自己的偏见和先入之见蒙蔽。你们都知道，我是贵格会教徒，所以很自然地，我会偏向于宗教人士——比如你——给出的建议。但我不能为了在你眼里和在自己眼里成为一个更优秀的贵格会教徒，就逃避事实。我们要对付的是一群脑袋被丑恶谎言毒害了的年轻人。我们必须找出一个办法来让他们恢复理智，同时让总统职位重新获得应有的尊严和威望。为了完成这两项重要任务，如果需要我上电视说自己是同性恋，我也心甘情愿。我有勇气说阿尔杰·希斯是共党。我向你保证，我现在也有勇气说自己是基佬！

问题不在于我有没有勇气说这个或那个；问题向来都不是这个。和以往一样，问题在于公信力。他们会相信我吗？

将军，五角大楼那边会相信这种说法吗？这应当是个很好的试验案例。

军事教练（思考着）：有可能，先生。很有可能。

滑头：如果我说话的时候再多眨眼，会有帮助吗？

军事教练：不，我想他们已经认为你眨得够多了，先生。如果再多眨一点，有些老家伙会不高兴了。

滑头：既然你这么说的话，你肯定不会赞同我穿裙子了。简单点的裙子。比如说朴素的黑色。

军事教练：裙子没必要，先生。

滑头：耳环呢？

军事教练：不，我认为您现在这个样子就挺好，先生。

滑头：问题是，我不想让人以为我仅仅是个娘娘腔而已。早上剃了胡子，傍晚脸上又长出了茬子什么的，这方面我真得多注意。

精神教练：总统先生，恕我直言，您如此急切地要为国家利益作出正确抉择，或许忽视了一个小小的技术细节。同性恋者也有性交。

滑头（震惊地）：真的？……具体是怎么弄？

（精神教练拉住滑头的手，就好像在安慰有亲人去世的人一样，并俯身向前，谨慎地在总统耳边低语，为他解惑）

滑头（畏缩）：天哪，太可怕了！太恶心了！你是瞎编的吧！

精神教练：如果真是我瞎编的就好了，总统先生。

滑头：但是，但是——（他俯身向前，向牧师耳边低语）

精神教练：我想，他们应当不在乎那个，总统先生。

滑头（义愤填膺）：真是畜生一般！丑恶至极！我们这是在美国！我可是美国总统！还有（困惑地转向其他教练），听着，你们意识到国内出了什么事情吗？你们知道他刚才告诉我什么吗？

政治教练：我们知道，总统先生。

滑头：但那太荒唐太可怕了！呸！我嘴唇都起了鸡皮疙瘩！

政治教练：那是必须的，总统先生。尽管如此，在我们面对的这个问题上，偏偏既不是这样，也不是那样。关键在于：不管同性恋者还会干什么事情，他们绝不会从事能够产生胎儿的那种性活动，而童子军揭竿而起反对的就是那种性活动。因此，如果您上电视说自己是同性恋者，那么在绝大多数美国人心目中，您就已经证明，童子军指控您的罪名——您是个异性恋活跃分子——是不攻自破的。您就完全撇清责任了。

滑头：我明白了……明白了……好的，我就这么办！看到没有，在危机中就应当这个样子：当机立断！我把自己在波帕波维尔将军[①]心脏病发作时学到的知识都总结到了书里："果断的行动能够解除危机中积累起来的紧张情绪。如果局势要求个人长时间内不作出果断的行动，这就可能是最折磨人的危机。"

你们看，最重要的倒并不是作出了什么样的决定，而是作出决定这个动作。否则就会有讨厌的紧张情绪；如果紧张情绪太多的话，我告诉你们，人就可能崩溃。我在美国总统任上是绝对不会崩溃的。我希望大家都清楚地认识到这一点。如果你们读读我的书，就会知道，我的整个政治生涯都致力于不崩溃。我现在也不打算开始崩溃。冷静、自信和果断。我就这么办！我就说自己是个基佬！

法律教练：如果我是您的话，我不会这么做，总统先生。

滑头：你不会？

法律教练：不会的，如果我是美国总统的话，我不会这么做。您为什么要这么做呢？在切克斯演讲的时候，您还只是副总统候选人，当然需要解释、道歉、卑躬屈膝，告诉他们你欠爸妈多少钱，你养了一只狗，诸如此类。在当时，为了获得权力，您就是

---

① 影射德怀特·艾森豪威尔（1890—1969），他于1955年在总统任期中曾有心脏病发作的病症，由副总统尼克松等人暂时主持政府工作。

在电视上像狗一样爬来爬去，用对您来说最自然的方式贬低辱没自己，我也绝不会反对。但您现在已经掌握了权力。您现在是总统。那些在大街上向您发出稀奇古怪指控的孩子是何许人也？不过是些在大街上乱跑的毛孩子而已。我不管他们穿什么制服，他们绝不是住家的成年人。这个区别可大了。

滑头：那么你的建议是什么？

法律教练：总统先生，您和全国任何一位公民一样，还可以诉诸法律手段。我建议您使用法律手段。我建议，把他们都抓起来，关进大牢，把牢房钥匙丢掉。

军事教练：我反对！不要纵容敌人了。一次性到位。把他们都枪毙了！

滑头（考虑着）**：**这个想法有点意思。最果断也不过如此了，是吧？但我要问你，将军，是把他们先抓起来再枪毙，还是先枪毙再抓起来？一直存在这个问题，对吧？

军事教练：如果先抓起来再枪毙的话，先生，我们就要像以往那样冒风险了。

法律教练：但另一方面，将军，如果先枪毙再抓起来的话，也是要冒风险的。我现在可以告诉你，如果先枪毙再抓起来的话，那些民权疯子肯定会死缠住你不放。我告诉你，所有卷入此事的人都对那些民权疯子烦得要死，这些疯子有时能让我的部下一口气忙个好几天。

军事教练：我同意，那些人非常讨厌。但如果先抓起来再枪毙的话，你和那些童子军纠缠起来会陷入泥潭，就像我们在东南亚陷入了泥潭一样。如果先抓起来再枪毙的话，你就牺牲了任何一场进攻的关键因素：出其不意。常识告诉我们，即便敌人没有傻到站在那儿不动等着吃枪子，他如果事先得知自己会被杀掉的话，就会做出某种怯懦的，往往还是恶毒的自保行为，比如反击。当然了，我和其他人一样憎恶这种奸诈的行为；但我们必须面对这个现实：这些人没有一星半点儿公平竞争的精神，其中很多人甚至不愿意老老实实等着被拘押，更不要说被枪毙了。

还有，道德上的问题怎么办？先生们，我有一个良心要满足，有一个传统要维护，我有比美元和美分更重要的东西要为之负责。我告诉你们，我绝不会纵容敌人，而让美国人的性命受到威胁，当然除非总统命令我这么做。总统先生，我必须开诚布公，有一说一。如果我不开诚布公的话，我作为美国陆军的将军就失职了。总统先生，如果在您就职那天，您批准我们把能找得到的越南人全都排成队枪毙掉的话，就能挽救一万五千个美国人的生命。作为军队总司令，您没有这么做。遵照您的决策，我们一点一点、分批零散地把越南人击毙和炸死，能抓到几个就先干掉几个，在这儿干掉十个，在那儿消灭二十个。就这样，我们在人员和物资方面都损失惨重。

我必须承认，由于顽强地坚持您的策略，我们现在开始看到一点希望了。您曾经向美国人民许诺，按照您自己的秘密时间表，到一九七二年大选日，您就能将越南人全部撤出越南。我有百分之百的信心，能够帮助您兑现这个诺言。

先生，我的意思是，我们有办法在几个钟头内就完成这样的撤退。我恳求您，总统先生，在我们国内不要重蹈越南的覆辙。

法律教练：当然了，总统先生，将军的战术智慧，我是挑不出刺来的。请相信我，我绝不担心会处置不了这些民权疯子。只是，如果我们先在街上把这些童子军枪毙，然后才把他们投入监牢的话，就像我刚才说的，这会给我的部下带来大量没必要的工作。我的很多部下都是第一流的青年才俊，我可以让他们从事更有用和更有价值的工作。

但是，总统先生，无论是先枪毙还是先抓人，不论您选择哪个，我都会鼎力支持。但您千万不能上电视去忏悔或者道歉，或者为自己做任何形式的解释，呃，在我看来，这会严重损害您在道德和政治上的权威，对法律和秩序的事业构成严重威胁。我甚至可以说，假如您在这个问题上，或者任何问题上，作出任何让步，就等于打开了灾难的水闸，我们将不得不面对这样的洪流：无政府主义、福利主义、失败主义、和平主义、变态、色情作品、卖淫嫖娼、暴民统治、吸毒成瘾、自由性爱、酗酒和污损国旗。光是乱穿马路的行为就会猛增，严重程度超出想象。我不是想制造恐慌，但事实是，国内有很多犯罪分子正在等待我们的领袖出现一个软弱迹象，好兴风作浪。如果出现哪怕是一点点的迹象能够表明滑头·E. 迪克松无力完全掌控自己和国家，后果不堪设想。

滑头（打断他的话）：就是为了这个原因，我才决定摘除汗腺的，好显示我是多么能够掌控局面。

法律教练（继续说道）：你们知道，现在不管我们是先枪毙人还是先把他们抓起来，我们采取行动去杀这些年轻人的时候，注定要流血。似乎只要杀人就肯定会流血，所以我们不得不容忍死亡这种伴随现象。牧师，我看到你在摇头。你是否在暗示，有可能在不流血的情况下杀人，即便是这样的年轻人？如果是这样的话，我洗耳恭听。

精神教练（痛苦地）：唉……那么……毒气……毒气可以吗？那一类东西？我们国家已经流了太多的血了。

军事教练：毒气的问题是，牧师，我是在自己第一手经验的基础上说的，毒气的问题是，非常遗憾，这些童子军不是在一个较大的开阔空间内。如果他们是在，比方说，一片沙漠的中间，那肯定就没问题。拿毒气一喷就完事了。

精神教练：那么我们能不能把他们弄到沙漠里去？

法律教练：怎么弄？（警惕地）你的意思是，用大巴运他们过去吗？

精神教练：嗯，我想，大巴可以。

滑头：不，牧师，不能用大巴。这个问题我已经考虑透彻了，并且作了决定：本届政府不会用大巴从华盛顿特区运送儿童到亚利桑那州，在那儿把他们毒死。联邦政府绝不会插手这种事情。这是个自由的国家，人们的一项基本自由就是可以选择自己孩子被杀的地点。

精神教练：难道就没有办法把他们毒死在这儿吗？

军事教练：那太危险了，牧师。如果在这儿毒杀儿童，假如刮个风什么的，几英里之外的无辜成年人就会被毒死。

法律教练：当然了，如果你让毒气散播得足够远的话，也能毒死一些有罪的成年人。

精神教练：先生们，拜托！我坚决反对任何有可能威胁无辜成年人福祉的行动。我不管在那过程中能消灭多少有罪的成年人。

军事教练：我没问题，牧师。我反正更愿意把他们枪毙。我一直认为，让士兵去扣动扳机，亲眼看到开枪的结果，能够给他带来更强烈的参与感和成就感。

精神教练（问法律教练）：你怎么看？

法律教练：我没有问题啊。只要我们都事先认识清楚，将会发生流血事件，而且媒体肯定会拿这事大做文章。考虑到在报界和电视幕后操控的都是些什么货色，我丝毫不怀疑，他们肯定会把这事夸大其词，比如，对我们拒绝使用毒气或者大巴而表现出的克制只字不提。我的意思是，我们原本可以让这些孩子乘大巴去亚利桑那，经历几乎横穿全国的漫长、酷热、艰苦的旅行，一路上没有食物、水、厕卫设施之类，然后再杀死他们。但是，我们都知道，除了牧师之外，没有一位政府成员支持这种做法。但是电视会报道我们的克制吗？不会的吧。

滑头：嗯，不会的。他们从来不把故事的另一面讲出来。因为那对他们来说不够刺激，不够血腥。不够暴力，不符合他们的品位。他们从来不报道我们没有做的事情，老是喋喋不休我们已经做的事情。遗憾的是，那些家伙认为那些事情才有新闻价值。

法律教练：幸运的是，总统先生，这个国家的人民总体而言是消极和冷漠的，不会被媒体这种不负责任的哗众取宠煽动起来。

滑头：哦，不要误会我的意思，我可是一向对美国人民美妙的消极冷漠充满了信心。仅仅因为他们在电视上看到流了一些童子军的血……在电视上童子军流血？（他的嘴唇突然间汗如雨下）

他们会弹劾我的！他们会——！

法律教练：不会的啦，总统先生，绝对不会。这不过是又一场危机而已，您大可不必担忧。放松，要冷静、自信和果断。来吧，跟着我重复，您知道在危机中应当如何行事：冷静、自信和果断。

滑头：冷静、自信和果断。冷静、自信和果断。冷静、自信和果断。冷静、自信和果断。

法律教练：感觉好些了吗？危机度过去了？

滑头：我想是的。

法律教练：您看，您可不能让童子军给吓着，总统先生。他们当然会流一点血了，电视上或许甚至会有大呼小叫的抗议声，但如果全国人民在童子军流血之前先看到这个标语（从手提包里取出一张标语，上面写着“迪克松支持性交”——牧师倒抽一口凉气），我们的烦恼就一扫而空啦。让报纸把童子军尸体的照片都刊登出来吧，我们只需要刊登这幅标语的照片。我还请政府印刷办公室再印五千份这样的标语，到早上要全部印好。咱们走着瞧，到那时谁能得到全国人民的支持。

滑头：看哪！我不流汗了！

法律教练：是吧？您顺利度过了又一次危机，总统先生。

滑头：耶，好棒！那就是六百零一次危机了！（除了高雅教

练，大家纷纷表示祝贺，高雅教练首次发言）

高雅教练[①]：先生们，对于我们聚集于此要解决的问题，我有不同的意见。在聆听诸位高见的同时，我还调用了我的全部脑力、智慧、学术资质、狡黠、机会主义、对权力的酷爱等，来研究这个问题。我的成果就是我手中的这份名单，上面有五个个人或组织，我想我们可以稳妥地让他们——借用一下俚俗大众的语言——背黑锅。

法律教练（起初对“教授”颇为狐疑，但一下子产生了兴趣）：黑锅？

高雅教练：“黑锅”。

法律教练：什么黑锅？

高雅教练：随便什么都可以。煽动暴乱。扰乱未成年人的道德。或者，如果你喜欢这种说法的话，腐蚀青年。

政治教练：“腐蚀青年”。嘿，这个说法有竞选宣传的劲爆味儿！

高雅教练：我想，还有某种历史的回响。

精神教练：我这么说可能有点“古板”，但我还是喜欢“扰乱

---

① 高雅教练影射亨利·基辛格（1923— ），他担任过尼克松政府的国家安全顾问（1969—1973）和国务卿（1973—1974）。他拥有哈佛大学的博士学位，还曾担任哈佛大学的教职。

未成年人的道德”。我历来一直认为，这种说法有极强的感召力。“扰乱”这个词似乎有种特别能让人愤怒的内涵。

法律教练：或许是这样，牧师，但以鄙人之见，“煽动暴乱”更能把公众吓得屁滚尿流。

滑头：你怎么看，将军？你又是愁云满面。

军事教练：我又是愁云满面！教授每次张嘴，我都得愁起来！大家怎么在指控别人啦？当然了，你们提出的指控都是很好的，我个人并没有什么反对意见，但我们刚才不是在讨论把那些混账东西全枪毙吗？

高雅教练：将军，尽管您对知识分子不以为然，我对您这样的军官却满怀最高的敬意，尤其敬仰你们对同袍和祖国的赤胆忠心。我相信，您听了我的名单之后就会同意，向美国的这五个不共戴天死敌中的任何一个发出指控，把童子军叛乱的责任推给他们，能够同时令童子军摆脱罪责，并完全洗脱总统受到的指控罪名。童子军会溃不成军、仓皇撤退……

军事教练：但我们一枪都不会开！

高雅教练：跑得了和尚跑不了庙，将军。

滑头：听起来很有意思，教授。但是为什么只在五个当中选一个？我感觉这很不寻常。

高雅教练：嗯，或许，但我正在考虑，是不是要说存在一个密谋集团。

滑头：哦，但是如果能选出两三个的话，会好玩得多。我们每个人选出自己最喜欢的——然后动动脑子、耍耍花招，直到设计出所有人都满意的密谋。

法律教练：当然了，总统先生，我代表司法事业说一句，你得到的选择越多，抓住真凶的机会就越大。我的意见是，为了保险起见，我们每个人都至少选三个。

精神教练：我知道我又超出自己的专业范围了，但是，既然要提高司法正义实现的概率，我们为什么不把五个都选了？

军事教练：总统先生，我越来越按捺不住了。我们坐在这个配备齐全、舒适又富丽堂皇的地下更衣室里，身着全副橄榄球装备，斟酌着司法的微妙之处；与此同时，童子军正在争分夺秒地备战，准备对抗我的部下。我认为，我们现在必须提醒教授，他已经不是高坐象牙塔了。在象牙塔上，尽可以面红耳赤地信口雌黄，侈谈这个人的权利和那个人的权利，还有多少权利能装到大头针的头上。现在外面有一大群暴跳如雷的童子军，其中还有鹰级童子军，他们的气焰一分一秒地越来越嚣张，威胁也越来越厉害。我主张把他们全枪毙，现在就枪毙！

滑头：将军，你是个勇敢的军人、忠心耿耿的美国人。但是，我必须说，从你的话里我能感到，你对宪法规定的基本自由不太尊重。我在就职誓言中可是保证要捍卫这些自由的。

军事教练：总统先生，我对宪法非常尊重。如果不尊重的话，我也不会毕生致力于为保卫宪法而战斗了。但事实是，我们在摆弄一枚定时炸弹。目前为止，造反的还只是童子军。我可以向您保证，到早上的时候，童子军的队伍就会被放荡的、寻求刺激的布朗尼①和小狼②渗透。命令我的部下扫倒鹰级童子军是一码事；对付只有鹰级童子军一半高的小男孩和小女孩就是另一码事了。那些孩子跑起来像小鬼一样，而且个子小。因此，目前还是常规的街头屠杀，到早上就会变成凶险的逐屋争夺的巷战，我军必然会蒙受很大损失，因为我们的士兵会误伤自己人。

滑头：我想，将军，你一定知道，没有人比我更希望挽救我们的孩子——当然了，我指的是我们的士兵——的生命。但我要重复：我不会为了这个理由就去践踏宪法。我是以“对宪法做狭义解释者”的身份竞选总统职位的，如果我现在采纳你的建议，阻止在座诸位对教授的名单作公开公正的投票表决，那么美国人民有权明天就把我踢出办公室。

我要把这一点讲得清清楚楚：我绝不容许任何人再把我踢出

---

① 布朗尼指女孩的童子军运动，对象为七岁到十一岁的女孩。
② 小狼是一种童子军运动，对象主要为七八岁至十岁或十一岁的儿童，一般只收男童，女童则加入“布朗尼”。

办公室。我这一辈子已经被踢出去足够多次数了！我绝不允许自己扮演失败者的角色，无论是在战争中失败，还是在别的事情上失败。如果要达到这个目的就必须用我军的全部火力来攻击美国的每一个布朗尼和小狼，也在所不惜！因为美国总统和自由世界的领袖绝不能受到任何人的侮辱，更不要说受三四年级小娃娃的侮辱。这些娃娃闲得无聊，竟然与美国陆军打起险恶的逐屋争夺巷战来。哪怕我们被迫进军托儿所，哪怕我们的士兵要冲过用系带、呼啦圈和泡泡糖构筑成的障碍，同时遭受玩具的持续弹幕轰击（他们竟野蛮地把玩具当作武器使用!），我，作为军队总司令，也绝不会逃避这场战斗。因为我的威望受到了威胁！如果需要对操场发动空中打击，我也会那么做！让咱们看看，他们怎么用棒球棍和球把B-52轰炸机打下来！让咱们看看，他们骑着玩具三轮车拼命逃脱我的直升机！不，这个伟大的巨人般的国家，我这个伟大的巨人般的总统，绝不会允许一群乳臭未干的小娃娃来拧自己的鼻子！这些娃娃原本应当在家做功课才对！

（大家鼓掌）

现在来说说投票表决的事情。因为我是个果断的人——你们从我的书《六百次危机》里看得出来——我现在要决定，你们每个人可以从美国的这五个敌人当中选择几个来控告。当然了，我们还要决定，教授提出的三个罪名，我们究竟要用哪一个。但是天快亮了，所以这个问题或许可以暂时放到一边，日后再处理。现在我们要定夺的是，谁是罪人。（淘气、讨人喜欢的微笑）这毕竟是最好玩的部分！

现在（重又严肃起来），我们来这样操作：请教授宣读他的名单，在座的每个人都可以选择至多三个名字……不，两个……不，三个……哦，我的嘴唇又流汗了，噢，危机又来了！两个！两个！说两个！

政治教练：干得漂亮，总统先生，您把这次危机也扛过去了！

滑头：哇！那就是六百零二次危机了！等一下，我要告诉闺女们，爸爸刚做了什么！

法律教练：总统先生，既然只允许我们从教授的名单中选择两个，请问，如果我们认为有恰当理由的话，是否可以各自添加两个额外的名字？

滑头：哦，我来问你。关于这个问题，你愿意跟我做个交易吗？

法律教练：哦，如果您愿意那样想的话，我同意。

滑头：我愿意。否则别人会以为我不够果断、反复无常。但如果这是你我之间的交易，是为了报偿你将来要做的什么事情，我想在座各位都会理解。

法律教练：我没问题。

滑头：那好的。你们每个人从教授的名单中选择两个，自己再补充两个。

高雅教练：那么，先生们，请听我的名单。一）河内。二）贝里根兄弟①。三）黑豹党②。四）简·方达。五）库尔特·弗勒德。

全体：库尔特·弗勒德？

高雅教练：库尔特……弗勒德。

精神教练：但是，他不是个棒球运动员吗？

滑头：他曾经是个棒球运动员。如果有关于棒球运动员的问题，尽管问我好了，牧师。弗勒德过去是华盛顿参议员队的中外野手。但他后来走了。出国了。

高雅教练：他的确出国了，总统先生。库尔特·弗勒德，一九三八年一月十八日生于得克萨斯州休斯敦；右手持球棍，右手投球；一九五六年在辛辛那提队加入职业棒球大联盟，从一九五八年至一九六九年为圣路易斯红雀队效力；目前与华盛顿参议员队有合同，年薪十一万美元；一九七一年四月二十七日上午，新

① 菲利普·贝里根（1923—2002）和丹尼尔·贝里根（1921—2016）兄弟是美国天主教神父与和平主义者。越战期间，他们积极参加反战活动，曾因毁坏政府财产而被联邦调查局列入十大通缉犯名单。菲利普·贝里根曾被六次提名诺贝尔和平奖。

② 黑豹党是一个由非洲裔美国人组成的团体，其宗旨主要是促进美国黑人的民权，另外他们也主张黑人应该有更为积极的正当防卫权利，即便使用武力也是合理的。黑豹党在20世纪60年代（也就是民权运动最颠峰的时代）及70年代的美国非常活跃，后来渐渐消亡。

赛季还没到一个月时间，他突然登上泛美航空公司的一架飞机，从纽约飞往巴塞罗那，对这次匆匆离去的唯一解释是“私人原因”。尽管我们知道弗勒德买的是飞往巴塞罗那的机票，但他出现在里斯本，身穿褐色皮夹克、喇叭裤，戴着墨镜，在那里转机飞往他在欧洲的最终目的地……先生们，问题是明摆着的：就在童子军在华盛顿特区造反的一周之前，华盛顿棒球队的库尔特·弗勒德先生为什么一定要如此仓促而戏剧性地离开美国？

滑头：哦，我想我能回答这个问题，教授，因为我对体育非常精通。可怜的弗勒德处于职业生涯的低潮，状态非常糟糕。在本年度他的前二十次击球中，他只击中了三次，而且其中两次是短打。事实上，威廉姆斯让他坐板凳了。弗勒德连续六次防御右手投球失败。我虽然是美国职位最高的民选官员，但如果泰德·威廉姆斯[①]让某个球员坐板凳，我不会放马后炮地批评他。不，我绝不会。但是，对于弗勒德这样年薪十几万美元的球员来说，坐板凳是个什么滋味，你们能想象得出来。

高雅教练：先生，您对棒球的知识远远超过我，但鄙人愚见，您所说的这个“低潮”会不会恰好是一名棒球运动员匆匆出境的绝妙“幌子”、一个奇佳的借口？

---

① 泰德·威廉姆斯（1918—2002），美国职业棒球运动员和经理人，被誉为棒球运动历史上最伟大的运动员之一。

法律教练：如果我没理解错的话，教授，你是否在暗示，参议员队的经理人泰德·威廉姆斯也参与了此事？让弗勒德坐板凳是整体计划的一部分？

政治教练：等等。在继续下去之前，我想说，在涉及泰德·威廉姆斯这样的棒球大亨时，我们务必万分谨慎。尽管他当年受到很多体育记者的鄙视——如果有必要的话，我们可以找这些记者帮忙——我的本能反应是，本届政府最好不要动棒球名人堂的成员。

滑头：而且是多么了不起的名人堂成员啊！我不知道你们熟不熟悉泰德·威廉姆斯的纪录。所有美国人都应当为威廉姆斯的纪录而自豪，我跟你们分享一下吧。你们听一听，就一定会同意我。在他整个职业生涯中，打击率是 .344，在棒球比赛的历史上排名第五。长打率是 .634，仅次于贝比·鲁斯。二垒安打数五百二十五次，排名第十四；本垒打数五百二十一次，排名第五；二三垒安打和全垒打总数为一千一百一十七次，排名第七；在至关重要的打点数上——打点数对于美国国民消遣的重要性可是怎么说都不为过啊——他的打点总数为一千八百三十九次，排名也是第七。这还不是全部。一九四一年，他的安打率在全联盟名列榜首，平均达到——你们听听吧—— .406！一九四二年又是名列前茅，.356。一九四七年是 .343。一九四八年是 .369。（突然发火）

他们还说杰克·魅力[1]博闻强记呢！他们还说，魅力有本事把握问题的关键。他们多么喜欢贬低迪克松啊！难怪我在那次大选时经历了一次危机！他们老是找我的茬！我的胡子！我的鼻子！我的策略！关于我的所谓“策略”，我有句话要说：在我刚才向你们列举的数据中，如果我把泰德·威廉姆斯的纪录说错了哪怕万分之一，我明天就向国会递交辞呈。那将是美国历史上破天荒头一遭，但假如我胆敢在如此重要的问题上和美国公众耍弄政党政治的话，我一定辞职。

（全体鼓掌）

政治教练：总统先生，您刚才列举事实的举动真是让人肃然起敬，让我更加坚信，让联邦政府对威廉姆斯这样的强击手提起控告，将是一件极其愚蠢和鲁莽的事情。

滑头：这思维很好。是很好的、敏锐的政治思维。当然了，弗勒德本人的情况就大不相同了。他固然在一九六一年，一九六三年，一九六四年，一九六五年，一九六七年和一九六八年为红雀队效力时的击球率超过 .300。但他从未能像威廉姆斯那样在安打或者本垒打上引领全联盟，而且他的长打率只有威廉姆斯职业生涯末期的一半左右。

---

① 影射美国总统约翰·菲·肯尼迪。

当然了，一九六四年，弗勒德的安打数达到二百一十一次，在国家联盟里领先，这种成就可能会为他赢得一些同情。这一点我要讲得特别清楚：我没有说在这方面他接近了史上最优秀球员乔治·西斯勒的水平——西斯勒在一九二〇年的记录是二百五十七次，但事实就是事实，我们必须直面事实。弗勒德的二百十一次安打可能会给我们带来麻烦。

高雅教练：总统先生，在一般情况下，要拿我们即将选择出的严重罪名来指控这样一个人——就像您睿智地提醒我们的，一个曾以二百十一次安打在国家联盟领先的人——我也会非常谨慎的。但是，库尔特·弗勒德不只是往昔的普通安打明星：他是个名副其实的捣蛋分子，在我把他的名字放入名单之前，他就已经身处困境、难以脱身了。这就是我为什么要把他的名字放到名单上：因为他不仅在赛季刚开始一个月的情况下撕毁了十万美金的合同，而且他在一九七〇年曾拒绝被圣路易斯红雀队交易到费城费城人队，理由是，这种交易剥夺了他在公开市场上自行谈判转会的基本权利。后来，他雇的律师不是别人，正是骗子·B. 约翰逊任命的最高法院法官……

政治教练（充满希望地）：亚伯·福塔斯[①]！

① 亚伯·福塔斯（1910—1982），美国最高法院副法官，林登·贝·约翰逊的好友，后因伦理问题下台。作为民主党人，他受到尼克松的共和党政府的敌视。

高雅教练： 不是的，但差不多同样精彩。阿瑟·戈德堡[①]。戈—德—堡。他和弗勒德发起了一项以违宪为理由反对棒球运动的诉讼，声称有组织棒球运动违背了反垄断法，还有，球队老板在未经球员同意的情况下将其交易给其他球队、将球员视为财产，既不合法也不道德。

这样的诋毁棒球之圣名的恶行触怒了很多忠诚的美国人，包括棒球大联盟执行长本人。在很多体育记者以及球员，还有全国球迷眼中，弗勒德和他的代言人戈德堡，似乎一心要毁掉千百万人热爱的棒球运动。弗勒德写了一本关于这个事情的书，在其中引用了自己在对话中说过的一句话："得有人奋起反抗体制。我做好准备了。"先生们，他那份宣言里类似这样可作为定罪证据的话还有很多，这只是其中一句而已。当然了，仿佛他的所有言行——包括雇用戈德堡先生当他的辩护律师，攻击最具美国风尚的一项体育运动——还不够证明他的罪孽，弗勒德还是个黑人。

法律教练： 他目前在什么地方，阿尔及利亚吗？如果他在阿尔及利亚的话，我们就赢定了。

高雅教练： 恰恰相反，如果他逃到了阿尔及利亚——他没有

---

① 阿瑟·戈德堡（1908—1990），美国政治家和法学家，曾任劳工部部长、最高法院法官、美国驻联合国大使。在 1972 年的弗勒德案件中，他为弗勒德辩护，最终败诉。

到那里——现在大街上就会有人卖他戴着贝雷帽击球的海报了，《纽约时报》每天都会刊登“释放弗勒德”的请愿书，电影明星，还有让-保罗·萨特都会在请愿书上签名。大街上会有游行示威、警戒线，说不定还会有赶骡群的人在白宫草坪上扎营。

滑头：噢，那些骡子！那些游行！说真的，我真受不了那些玩意儿。每次他们向华盛顿游行进军，我都得逃出城。你们看，这说得通吗？我是总统，我住在这儿，但是每次这些游行示威的家伙从全国各地涌向华盛顿，我都得收拾行李，跳上直升机撤离！说真的，我有这么一座美丽的大房子，却半辈子过着颠沛流离的生活。你们能想象吗，当总统的在得到消息五分钟之内就得把需要的东西全塞进手提包，同时外面直升机的螺旋桨在旋转，大家都在叫嚷：“快点，快点，咱们离开这儿，否则他们就要发疯，要派代表团上门啦！”哦，真是太可怕了。有一次我忘了带运动衫，有一次我忘了带防滑鞋，还有一次我甚至连棒球都忘了带，整个周末都毁掉了。那些游行示威的人才不管这么多呢！

高雅教练：嗯，总统先生，您这次不需要出城了。因为这个逃犯没有逃到阿尔及利亚，把自己打扮成什么流亡的另类革命领袖；他也没有逃到非洲去和自己的同类生活在一起。如果他寻求支持者的话，是有可能去非洲的。我可以向你们保证，他不会得到多少美国人的同情，因为各方面的情报都表明，像库尔特·弗勒德先生这样肌肉发达、年轻帅气的黑人，居然决定逃往——先生们，这真是精彩绝伦——哥本哈根。

精神教练：不会吧！

高雅教练：是的，牧师，是哥本哈根。哥本哈根是全世界兜售淫秽物品的小贩的麦加，他们日夜都向它的方向跪拜。哥本哈根是世界淫秽之都。

政治教练：哇！（喜不自胜）在丹麦还有别的东西能证明弗勒德先生的罪孽，对不对？

高雅教练：你可真是才思敏捷啊，年轻人……关键词是，异族通婚。倒不是说我们一定要直截了当地说出他是个板上钉钉的色情狂。

精神教练：不，拜托，千万别用这个词。涉及棒球明星的话，我们不可避免地要面对易受影响的青少年，八、九、十岁的男孩——如果让他们听见了这样的词……

政治教练：我同意，牧师。最好是通过“暗示”。

法律教练：我没有意见。总统先生，您的高见呢？您看您能搞得好吗？不要直截了当地说他是色情狂，而是通过暗示和诋毁。

滑头：哦，我肯定会努力，让牧师为了那些优秀的少年棒球联盟球员放下心来。

精神教练：谢谢您，总统先生。谢谢诸位。

滑头：你看，牧师，我又一次表现出了克制和节制，而报纸还说我没有这种精神。毕竟，这个黑人以美国人能够想象的最邪恶的方式和丹麦女人乱搞——她们可是属于世界上最白皙的人——我没有开门见山地揭露他的丑事，从而让我们的少年棒球联盟球员受到一种极其危险和有诱惑力的想法的影响，而是用含沙射影、指桑骂槐的方式来诽谤他。

精神教练：我对您非常感激，总统先生。

政治教练：客气什么呀，牧师。

高雅教练：很好，先生们。我来把名单再读一遍，你们好决定怎么投票。一）河内。二）贝里根兄弟——

政治教练：我能不能打断一下？我想替贝里根兄弟的清白无辜做一番辩护。

法律教练（义愤填膺）**：**贝里根兄弟清白无辜？

政治教练（退缩）**：**我的意思是，对于这个罪名而言！

法律教练：但我们还没确定这个罪名究竟是什么，所以他们怎么可能是清白无辜的？你的人证物证何在？

政治教练：呃，我没有证据。

法律教练：那么，年轻人，拜托在掌握证据之前不要到处说人是无辜的！

政治教练：我同意你这个看法，但是我害怕的是：如果我们往那两个神父头上再加一个罪名，他们就会赢得一般来讲只有在遇刺身亡之后才会得到的同情。我要告诉你们，就在此刻，好莱坞正在做一部电影的早期筹划，将由宾·克罗斯比[①]和另外一个尚未指名的演员扮演菲尔·贝里根和丹·贝里根神父，这第二位演员将会装扮成已故的伟大的巴里·菲茨杰拉德[②]的模样。先生们，这些好莱坞制片人，不管他们穿着怎样的奇装异服，发型又是多么荒唐离奇，他们绝不是嬉皮士或者左翼狂热分子。他们虽然蓄着反体制的连鬓胡子，但其实都是精明务实的生意人，要推广产品和从观众钱包里盈利。他们嗅觉特别灵敏，老远就能觉察到新趋势的发展。根据我的情报来源，这部正在筹划的电影的故事情节是，在当年的一场重要球赛中，在七千万电视机前球迷众目睽睽之下，陆军队击败了圣母队，两名神父由此决定将西点军校炸掉。该电影对这两名神父非常同情。电影里会有修女、唱歌之类，天知道呢，这样一幅画面说不定能把全国人民一夜之间都

① 宾·克罗斯比（1903—1977），美国流行歌手、演员，曾获得奥斯卡最佳男主角奖。他在1934年至1954年在演艺界红透半边天，唱片销量和他主演的电影的票房收益在当时几乎无人能及。有论者认为他是史上最受欢迎、拥有最优秀人声的歌手之一。他在1962年获颁格莱美终身成就奖。

② 巴里·菲茨杰拉德（1888—1961），爱尔兰演员，曾获奥斯卡最佳男配角奖。

变成共产党人。

军事教练：两亿赤党在美国土地上？我绝不容许！

政治教练：将军，说起来容易，做起来难啊。枪毙两亿美国人——如果你是这么盘算的话——枪毙一亿美国人，你就会给民主党人一个口实，他们就可以在一九七二年的大选中大打政治牌了。

军事教练：美国的政治生活居然堕落到了这个地步！如果是军方在掌控局面的话……

政治教练：同意。同意。但一夜之间也不能建立起乌托邦来，将军。所以我才要告诫在座诸君，不要投票给贝里根兄弟。我知道大家都想投票给他们，这诱惑太大了，尤其是因为我们在追捕他们的过程中吃了那么多苦头。但是当前就是需要我们表现出我们特有的克制的时候了。我们当然绝不希望看到，戴着硬领的宾·克罗斯比向穿着修女制服的戴比·雷诺兹①柔情哼唱，要把什么东西炸掉。就连苏联人也没办法想出更可靠的办法来，把美国工人阶级转化成投炸弹的革命党。

高雅教练：高明的分析。但是我认为，你误解了好莱坞的意图。如果贝里根兄弟被送上电椅的话，好莱坞肯定会立刻开工，

---

① 戴比·雷诺兹（1932—2016），美国著名演员、歌手和舞蹈家，曾获奥斯卡奖提名。

制作一部关于他们的鸿篇巨制的音乐剧，就像《与我同行》[①] 那种风格的。但这只能说明我们不应当杀掉他们。把他们关在牢房里，公众和电影大亨很快就会把他们忘个一干二净。

法律教练：我同意。把他们活埋总是更好的办法。

精神教练：也更仁慈。你们懂的，那样的话就不算死刑。

高雅教练：那就继续吧。二号是贝里根兄弟。

精神教练：一号是什么来着？哈佛？

高雅教练：河内。

精神教练：噢对。我就知道是个字母 H 打头的词。

军事教练（恼火地）**：**字母 H 打头的还有别的词哪！比方说海防[②]呢？有了河内怎么能没有海防呢？就像有了金门没有马祖一样！

滑头：金门和马祖！让我回想起多少往事！金门和马祖！……它们现在怎么样啦？

政治教练：哦，总统先生，它们还在原地，如果我们需要动用它们的话。

---

① 《与我同行》是一部 1944 年上映的美国宗教电影，获得了包括最佳影片在内的七个奥斯卡奖。歌影双星宾·克罗斯比作为主演为其演唱了五首歌曲，受到广泛的欢迎，成为当年票房最高的影片。

② 越南北部港口城市。

滑头：嗯，好极了。它们具体是在什么地方来着？我来猜一下，看我还记不记得……印度尼西亚！

政治教练：不对，先生。

滑头：那我猜得接近了吗？菲律宾？不对？……靠近夏威夷？……不对？唉，我放弃。

政治教练：在台湾海峡，总统先生。

滑头：不会吧。嘿，听着，那个叫什么来着的家伙，怎么样啦？那个中国佬。

政治教练：哪个中国佬，总统先生？总共有六亿中国佬呢。

滑头：我知道，他们都生活在水深火热之中什么的。但我想说的是那个，你知道的，有那个老婆的。哦，是他们那种名字……

高雅教练：蒋介石，总统先生。

滑头：对头，教授！介石。小石石，戴眼镜的那个。（深情地）老迪克松……（轻笑）好了！不要再怀旧啦。抱歉，先生们。刚才说到哪儿啦？刚才说了莫斯科和贝里根兄弟。

高雅教练：是河内和贝里根兄弟，总统先生。

滑头：当然啦！你看，你们非要说金门和马祖。我还沉浸在五十年代的回忆里呢。你们看，我的嘴唇起满了鸡皮疙瘩。

高雅教练：那就继续。三）黑豹党。这个没争议了吧。好。

四）简·方达，电影演员和反战分子。五）库尔特·弗勒德，棒球运动员。在投票之前大家还有什么问题吗？牧师？

精神教练： 简·方达。她在电影里有过裸体镜头吗？

高雅教练： 我在银幕上应该没有看到过她的外阴，牧师，但是我想一定看过她的乳房。

精神教练： 有乳晕的还是没有？

高雅教练： 我记得有。

精神教练： 她的臀部在电影里露过吗？

高雅教练： 是的，我相信我们看过她的臀部。其实她的臀部是她最吸引人的地方之一。

精神教练： 谢谢。

高雅教练： 还有其他问题吗？

政治教练： 嗯，关于黑豹党——你们真的认为美国人民会相信童子军的幕后黑手是黑豹党吗？这真需要点想象力。

滑头： 在这一点上，恕我不能苟同。我不想影响你们投票，但是我想说这一点：咱们不要低估美国人民的想象力。我这么讲，很像已经不时兴的老式爱国主义，但我的确对他们的想象力有着最高的敬意，我一直都有。事实上，我坚信，我们能够让美国人民相信任何东西。毕竟，这些人和其他人一样，有自己的幻想、恐惧和迷信。如果你光顾着处理真实存在的问题，而假装其他问题完全是想象的话，你骗不了他们的。

高雅教练：我完全同意，总统先生。我们可以继续投票了吗？

滑头：请投票……当然了，这是自由的投票表决。在投票前，我要明确表态，我决不允许出现不自由的投票，除非我有理由相信投票可能会走向错误的方向。我很自豪地说，在咱们这个更衣室，像你们这样才华横溢的人，是不会投错票的。你们每人可以选名单上的两个候选人，然后，为了公平起见，还可以自己添加两个名字。我在这张纸上记录每个候选人得到的票数并计票。

你们看得到，这是一张普普通通的印有平行线的黄色书写纸，就像任何一本拍纸簿上的那样。你们知道的，当总统之前我是个律师。你们可以放心，我很懂如何正确使用这种纸。我希望你们来检查一下，确认这张纸没有写任何字，除了普通的水印之外没有任何密码标记或秘密符号。

高雅教练：我坚信，我们都可以信任您对这张纸的描述，总统先生。

滑头：非常感谢你的信任，教授，但我还是宁愿你们四个人在投票前仔细检查这张纸，免得将来有人对本次投票表决的公平公正提出怀疑。（他将纸拿给大家看）好！现在开始自由投票！牧师，就从你开始吧。

精神教练：呃，其实我还有点紧张呢。我的意思是，我确定自己肯定会选简·方达。但第二个名字我就吃不准了。库尔特·弗勒德很有诱惑力。

高雅教练：那就选这两个吧。

滑头：要不，你先再想想，我们待会儿再来找你吧。将军，你呢？

军事教练（好斗地）**：**河内和海防！

滑头：也就是说，你自己添加了海防。

军事教练：我是这么做了，每一个忠诚的美国人都会这么做的，总统先生！

滑头：很好。（记录）下一个。

政治教练：我也选河内。

滑头：要海防吗？

政治教练：我只选河内。

滑头：还有别的吗？

政治教练：没有了，谢谢您，总统先生，我确定了。

滑头：哦，该听听法律人士的高见了。

法律教练：贝里根兄弟、黑豹党、库尔特·弗勒德。

滑头：慢点儿，拜托，慢点儿。我要做到万无一失。贝里根兄弟……黑豹党……库尔特·弗勒德……但这是三个。你只能选两个。

法律教练：我明白，总统先生。但是刚才投票的两位，各自都从教授的五人名单上只选了一个。在我看来，如果我把他们让出来的选举权用掉的话，并不违反法律的精神。我相信，先生，我和您一样，如果说不信法律条文的话，对法律的精神都还是非常信仰的。

滑头：嗯，好，如果这就是你的理由的话。你还想添加什么名字吗？

法律教练：总统先生，我想。

滑头：加一个还是两个？

法律教练：其实，总统先生，我想加五个。

滑头：五个？但是，是你自己制定了只准加两个的规则啊。

法律教练：而且我仍然坚持这个规则，总统先生，或者说，在我当初提议这个规则的那种情况下，我会坚持的。但在这一刻，我们遇到的局面只能说是“显见且紧急的危险”。我担心，总统先生，假如我把刚刚想出来的五个名字当中只提交两个，本届政府就会处于能想象得到的最“显见且紧急的危险”之中：人们会认为它发疯了。如果我只提交两个名字，也许有人说这是针对两个我们不喜欢的人的机会主义恶毒攻击。但是，如果我将五个名字一起提交，就会向全国人民暗示，这五个人或许是一个密谋集团，全国人民就会信以为真。

总统先生，您肯定会允许我把这五个名字读出来吧。毕竟，我们的国家是个自由国家，任何普通人都可以畅所欲言，除非他说的话煽动性太强，会导致另一个州的根本没听见这话的人起来暴动。如果某个人是抵御这种言论自由有可能引发的暴乱的坚强壁垒，而他却偏偏被剥夺了宪法第一修正案赋予的权利，岂不是莫大的讽刺吗?

滑头：肯定是讽刺。你大可以放心，只要我还是总统，那种可悲的讽刺——如果我的理解没错的话——绝不会发生。

法律教练：谢谢您，总统先生。请诸位不要把这五个人看作是互无关联的五个人，而应当把他们看成是一个秘密帮派。恰恰是他们个性和职业的表面上的差异起到了伪装的作用。一）民谣歌手琼·贝兹[①]。二）纽约市长约翰·兰斯洛特[②]。三）死亡摇滚音乐人吉米·亨德里克斯。四）电视明星约翰尼·卡森……

全体：约翰尼·卡森?

法律教练（微笑着）**：**他可是无罪开释的最佳人选了！你们懂的，最好有个能够无罪开释的人选，如果他一开始就显得被冤枉就更好了。这能够把陪审团的全部不确定的感觉都引导到一个方

---

① 琼·贝兹（1941— ），美国乡村歌手、作曲家。她的很多作品都与时事和社会问题有关。她于20世纪60年代活跃于反战运动，曾与著名歌手和民权活动家鲍勃·迪伦交往。

② 影射约翰·林赛（1921—2000），他于1966年至1973年担任纽约市长。

向上，让他们感到自己在整个案件审理过程中是公正的。这能让最终的判决在各个方面都更像话。还有，当然，释放了约翰尼·卡森，你就释放了全美国最受欢迎的人（除了总统先生您自己）。我们甚至可以在审判过半的时候让总统干预此事，发表一份支持卡森的声明。就像曼森案件[①]时一样，不过这次是反过来。想象一下吧，全国人民高呼“释放约翰尼！”，总统则上电视对这位伟大艺人受到的指控表示严重质疑。

滑头：而且，释放他之后，我还能开个记者招待会！那不是很棒嘛！我可以说：“有请约翰尼！”然后他可以从幕后闪亮登场，做他那个可爱的高尔夫击球动作！他可以拿和其他密谋者一起坐牢的事情开玩笑。或许可以让他穿着条纹囚服，身披枷锁，脚上拴着铁球！

政治教练：棒极了！我们可以在大选前夜的黄金时间做这个节目。臭霉[②]在大谈特谈缅因州的松树多么诚实、让大家昏昏欲睡的时候，我们可以和约翰尼·卡森一起上电视！

法律教练：还不止这些呢，先生们。你们还没听到第五个密

---

① 查尔斯·曼森（1934—2017），美国著名的罪犯，他在20世纪60年代末在加利福尼亚州领导着臭名昭著的犯罪团伙曼森家族。1970年8月，曼森受审期间，在尚未定罪的情况下，尼克松总统发表声明，认为曼森有罪。这种影响法庭判决、有违司法公正的行为引起了轩然大波。

② 影射当时的总统大选民主党预备候选人埃德蒙·马斯基（1914—1996）。马斯基（Muskie）与臭霉（Musty）音近。

谋者的名字呢。

政治教练：默夫·格里芬[①]！

法律教练：不，不是默夫·格里芬……杰奎琳·魅力·克洛索斯[②]。

（大家目瞪口呆）

够大胆吧。荒谬吗？我不觉得。请注意，先生们，和其他四个密谋者一样，她的教名也是以字母J打头。这个事实貌似毫无意义，但我们能从这里收获多少，是不可估量的。一夜之间，报纸和电视评论员就会把他们叫做“五J帮”，让公众在脑子里把他们联系在一起，就好像他们是迪翁五胞胎一样[③]，或者纽约尼克斯队[④]。光靠这个计策，我们给他们定罪的努力就算成功一半了。不可避免地，有人会猜测——我们一定要让大家这么猜测起来——克洛索斯太太和兰斯洛特市长之间是不是有什么猫腻。他长得那么帅，我们是不是该好好利用一下他的好相貌，而不是让他自己利用了？此外，还有一位前第一夫人仇恨自己的祖国，具

---

① 默夫·格里芬（1925—2007），美国著名电视主持人、音乐家、演员和媒体大亨。

② 影射杰奎琳·肯尼迪·奥纳西斯（1929—1994），美国第三十五任总统约翰·肯尼迪的夫人。肯尼迪死后，她嫁给希腊船王亚里士多德·奥纳西斯。“克洛索斯”是Colossus的音译，该词有“大亨”之意，影射奥纳西斯。

③ 迪翁五胞胎（1934年生于加拿大安大略省）是史上第一组全部长大成人的五胞胎。

④ 以纽约为主场的NBA篮球队。

体表现就是她嫁给一个外国人，还住在外国。

政治教练：呃，但是，她毕竟不是住在河内或者北京啊。

法律教练：这个我已经考虑过了，我认为最聪明的办法是，不要具体提这个外国的名字。我们就不停地说“外国”，给人以阴谋、暴君和可疑不轨行为的暗示。但愿没人想起来，那不过是希腊而已。

政治教练：杰基和兰斯洛特，我得承认，这肯定能上报纸头条。但吉米·亨德里克斯已经死了呀，为什么还要控告他呢？

法律教练：因为我们还没定一个摇滚歌手。我个人认为，美国的家长们已经准备好绞死几个那种混蛋了。但是，我们要谨慎从事，先挑一个死了的。如果我们这么干没有遭到攻击，就再准备一个活着的，大选的时候用……当然了，他的名字也是以字母J打头的。

滑头：我必须说，你这么一讲，肯定是在仅仅五分钟内就把各种可能性全都想透了。把兰斯洛特和魅力的名字和摇滚歌手与民谣歌手联系在一起，给我们带来的政治优势不可限量。控告这些人，再把约翰尼·卡森无罪释放，很可能是自希斯案件以来我遇到过的最好的扩张势力的机会了。

法律教练：谢谢您，总统先生。

滑头：但是——这个“但是”可是很严重的哦——规则毕竟

是规则，而且还是你自己定的，我们也都同意了的。我知道你把这看作是我党遇到的“显见且紧急的危险”，但我偏偏认为，这是一个天赐良机。因此，我不会允许你把这五个名字提交上来。但是——这个“但是”更严重——但是，因为这五个人的名字首字母完全一致，他们是密不可分地联系在一起的，所以我要求你把他们五个当作一个人提交上来。为了表示他们是作为一个人，而不是五个人来计票的，我要在空白处画一个大大的括号，就像这样……看到了吗？我希望你们都看一看。我言出必行。请诸位仔细看看，以便将来对这些表决进程不会出现任何怀疑。（大家都查看括号，并同意这的确是个括号，总统说得没错）现在，教授，请你投票。

高雅教练：我投票给库尔特·弗勒德，并且只投他一个人。我们国家已经对贝里根兄弟和黑豹党腻烦了，而且，恕我直言，对杰奎琳·魅力也烦得要死，而弗勒德是个新鲜名字。而且，正如我前面说的那样，我们可以随意诽谤和污蔑他，而不必担心人民把他奉为英雄或烈士。用棒球的行话说，他有天赋。

滑头：好极了。（计票）牧师，你呢？你决定好了吗？我可是给了你足够的时间来做一个睿智决定的哦。

精神教练：不，我还拿不准。大家说了这么多之后，我真的比刚开始的时候还糊涂了。我的意思是，我还是很想投票给简·

方达。她仍然是我的首选，而且遥遥领先。但是除了她之外，我还拿不定主意。考虑到事情的严肃性和严重性，如果犯错就太可怕了，不是吗？（对将军说）不好意思，你投票给谁来着？

军事教练： 河内和海防。

精神教练（对政治教练说）**：** 你呢？

政治教练： 河内，没有海防。

精神教练（对法律教练说）**：** 你添加了五个人算一个人的，另外还选了谁？

法律教练： 贝里根兄弟、黑豹党和弗勒德。

精神教练（举起双手）**：** 噢，真是太难决定了！每个听起来都比前一个更好！噢，去他妈的！一二三四五，上山打老虎……好啦！我选简·方达和库尔特·弗勒德！就这么定了！

滑头（记录牧师的投票）**：** 现在大家都已经投票完毕，我要请诸位再检查一遍这张纸，好让大家确定，你们的投票都得到了正确无误的记录。你们知道，就连美国总统也会犯笔误的。如果他犯了笔误，他一定希望自己是个有足够雅量的人，敢于承认错误。（他把那张纸传给大家看）

法律教练： 总统先生，吉米·亨德里克斯的名字“吉米”的拼法是J-i-m-i，不是J-i-m-m-y，您写错了。

滑头： 那就让咱们改正这个错误，因为新闻界就是喜欢曲解这种无心的错误。我从来没有说过自己知道如何拼写美国所有黑人的名字，但是我要告诉你们：凡是涉及人名，不管他是黑人还是白人，他都有宪法赋予的权利去要求针对他的控告书上把他的名字拼写正确，也不管这控告本身是不是荒唐。只要我是总统，我就要竭尽全力捍卫人民的这种权利。J-i-m 后面是什么？

法律教练： i。

滑头： J-i-m-i。好啦。J-i-m-i。行了。我会在这个改动旁边签上我的姓名首字母，以便清楚地表明是谁犯了这个错误，又是谁作了更正。好啦！

我只希望，美国优秀的黑人能够看到，对这个貌似微不足道的事情，我是多么一丝不苟。当然咯，媒体还是能在鸡蛋里挑骨头，这一点是毫无疑问的。但我坚信，如果我对美国的绝大多数善良勤劳的黑人知根知底的话，作为美国总统和自由世界领袖的我如此日理万机，却能抽出时间来更正他们当中一个人的名字中的一个字母，他们一定会注意到，并且感激我这番努力。你们可以说我是个梦想家，是个坚信人性善的人；你们可以说我是个——就像歌里唱的——荒唐的乐观主义者；但你们一定要说我是个心胸开阔的人，因为我敢于承认错误。但我很确定他们一定会理解，这对我们来说是个多么艰巨的问题，因为他们的名字的拼法都花里胡哨的，我想他们一定有从事低贱工作的人具有的那种美妙智慧，一定能够认识到，如此浩大艰巨的工作不可能在一夜之间完成，因此，即便他们游行示威，或者把骡群赶到白宫草坪上，我们也绝对不会低头，绝对不会去正确地拼写他们的名字。我们会把他们的名字拼写正确的，但是要按我们自己的时间安排来，遵照我们自己的秘密时间表，行在地上，如同行在天上①。

精神教练：阿门。

滑头：朋友们，在这个假装虔诚的基调上，我将要宣布本次会议结束。上午十时，我们将再次会面，商讨罪行的具体性质。在此之前，我会身穿运动服，留在这个更衣室……

精神教练：总统先生，天已经快亮了。您得休息。您得摘下头盔，上床睡觉。

滑头：牧师，我现在就是想睡也睡不着。毕竟，我们马上要开展一场意义如此重大的诽谤运动。

精神教练：但是一个人能贡献的毕竟有限……

滑头：在贡献这个方面，牧师，我不得不说——尽管我这么说显得很不谦虚——我贡献起来真是不知疲倦。我将继续身着全套运动服，包括头盔，在你们此次自由投票表决的帮助下，在这

① 典出《新约·马太福音》，6：10。

孤独的守夜期间，构想出对我的政治生命最有利的密谋罪名。我只能希望并祈祷自己能胜任这项工作。晚安，先生们，谢谢诸位。

全体：晚安，总统先生。（他们起身离开）

滑头：出门的时候不要忘记把运动服交回去。我就不点名了，但是我知道上一次你们当中有一个人企图把运动服藏在便衣下面偷走，好拿回家向老婆孩子炫耀。当然了，我能理解，这种诱惑太大了。有多少次，我多么想穿着橄榄球运动服护肩向全国人民发表讲话！这件事情我从来没有告诉过任何人。现在告诉你们了，你们可一定要保密啊！入侵柬埔寨的时候，我在全国电视上讲话的时候穿着我的全国橄榄球联盟规定版下体弹力护身。我当时就是忍不住嘛。在那之前我刚看了电影《巴顿将军》，还刚入侵了柬埔寨，我猜当时我一定是热血沸腾、失去控制了。当然了，你们出去之后不要乱说哦。如果我的批评者知道了这事，你们知道的，他们多么喜欢疯狂攻击迪克松啊。只要我在电视上做外交政策讲话的时候穿一件橄榄球运动员的下体弹力护身，各家晨报就能说我是心理变态。在这里，在这个秘密的地下更衣室是一回事；在上面，在真实世界里，哎呀，可是另一回事呀！

全体：我们会严守您的秘密，总统先生。

滑头（感动了）**：**我知道我能信任你们……那好，现在你们要做的就是，从这个房间出去的时候，每个人拍一下我的臀部，就像职业运动员在听取战术指导之后做的那样。不要忘记对我说："你好棒，滑头·迪，你好棒!"

四　滑头的全国讲话

（著名的《丹麦国里恐怕有些不可告人的坏事》讲话）

晚上好，我的美国同胞们。

今晚，我有一个事关全国命运的消息要告诉大家。我不愿对我们的国家此刻面临的危机轻描淡写，从而给予你们虚假的希望；但同时我认为，对我在此前二十四小时内所做决定持批评态度的人在新闻媒体上夸大其词，你们看到或听到后大可不必惊慌失措。

我知道，总是有人希望我们在面临危机时采取软弱、怯懦和不光彩的立场。这些人当然有权表达自己的观点。但我坚信，绝大多数美国人都会同意，在美利坚合众国和丹麦王国之间的对抗中，我采取的行动是必需的。因为只有如此行动，我们才能捍卫我们的尊严、我们的荣誉、我们在道德和精神上的理想主义、我们在全世界的公信力、我们的经济稳定、我们的伟大、我们对开国元勋的理想的忠贞不贰、人类的精神、上帝赋予人的尊严、我们的条约义务、联合国准则以及全世界人民的发展与和平。

没有人比我更清楚，为了捍卫我们的尊严、理想主义和荣誉（就说这三个吧），采取大胆和直率的行动会产生怎样的政治影响。但我宁愿只当一任总统、去向丹麦采取这些高尚的、英勇的措施，也不愿为了当两任总统而向这样的军事上的十流国家卑躬屈膝。这一点是斩钉截铁、不容商量的。

我会向你们解释，我命令采取了哪些措施来对付丹麦，这些决定背后的理由又是什么。（拿起教鞭，转向斯堪的纳维亚地图）

首先，尽管支持淫秽的哥本哈根政府向美国采取的行动非常卑劣和阴险，我已经快速和高效地作出了反应，以夺取军事主动权。我已经将美国海军第六舰队派往波罗的海和北海海域。此刻，第六舰队已经完全控制了进出丹麦的航道，如地图所示。（用教鞭指向波罗的海和北海）航空母舰、运兵船和驱逐舰群已经在丹麦的日德兰半岛（在地图上指出）及其附近的众多丹麦岛屿周围布下天罗地网。你们能看到，丹麦领土在地图上以红色标注。丹麦领土全部算起来大约相当于（指向美国地图）美丽的新罕布什尔和佛蒙特两个州加起来。这两个州以美丽的秋叶和可口的槭糖浆闻名，在地图上以白色标注。

作为尽职尽责的武装力量最高统帅，我发布了这些命令。现在让我告诉你们，这些行动的结果是什么。

实质上，丹麦此刻已经被一道坚不可摧的封锁线隔离了。这道封锁线就像一九六二年约翰·F. 魅力总统用来阻止苏联核导弹进入古巴和西半球的封锁线一样固若金汤。注意西半球在这儿（在地图上指出西半球）。我们都知道，那是魅力总统整个任期中最光辉和最勇敢的时刻。我们现在封锁丹麦的封锁线就像当年那道一样。

尽管我已经有效地将丹麦与外界彻底隔离，但我拒绝听从我的批评者可能提出的建议：在此次危机中采取孤立主义的态度。因为，这一点大家务必要明确：如果美国要和平的话，就不能孤立自己。

我听到有人问："总统先生，您快速和高效地采取了行动，来捍卫我们的尊严、理想主义和荣誉；但是我们的国家安全怎么样了呢？它是不是也受到了威胁？"

这是个很好的问题，应当得到深思熟虑的回答。因为众所周知，丹麦素来奉行好战和扩张主义的政策，尤其是自十一世纪以来一直对美国的大陆部分虎视眈眈。你们知道，在当时，维京人先是在红发埃里克的率领下，后来是在他的儿子莱夫·埃里克松指挥下，凭借武力在北美洲大陆多次登陆。红发家族和他们的维京土匪的这些登陆是在事先毫无警告的情况下作出的，明目张胆地违反了门罗政策。除了这些准军事性质的入侵之外，这些维京人还多次企图在我国的东海岸地区建立享有特权的避难所，但没有成功，就是在这儿（在地图上指示），在波士顿附近，保罗·列维尔①及其享誉全球的午夜骑行的诞生地，也是著名的波士顿倾茶事件的发生地。

这些丹麦人长期以来一直公然蔑视我们的领土完整。因此当你们问，我们的国家安全是否受到了威胁时，我必须开诚布公地回答，是的。正是由于这个原因，今晚我已经向支持淫秽的哥本哈根政府明白无误地表示，对于他们对我们的领土完整、我们的荣誉和我们的理想主义的新威胁，我绝不会以哀怨的外交抗议来回应。为了把我的态度表达得一清二楚，我已经命令驻扎在西德的美军第七集团军开始动员，在这里（在地图上指示），德国和丹麦的边境，即北纬五十五度线做好攻击姿态。我的美国同胞们，我向你们保证，正如我已经向支持淫秽的哥本哈根政府保证的那样——我还会向十一世纪的红发家族政权保证，如果当时我是你们的总统的话——如果只有开战才能让我们的孩子们免于在（用教鞭在地图上指示）波特兰、波士顿、纽约、费城、巴尔的

① 保罗·列维尔（1734—1818），银匠、早期实业家，也是美国独立战争时期的爱国者。他最著名的事迹是在列克星敦和康科德战役前夜向殖民地民兵发出英军即将来袭的警报，即文中所谓的“午夜骑行”。

摩、华盛顿、诺福克、威尔明顿、查尔斯顿、萨凡纳、杰克逊维尔、迈阿密、比斯坎岛，当然还有更西面的地方的街道上与红发埃里克的后代交锋，那么我会毫不犹豫地命令我们勇敢的美国军人在今晚跨越德国和丹麦边境，进入丹麦作战。

尽管丹麦此刻已经被第六舰队有效地与外界隔离，并受到第七集团军有效的占领威胁，但目前还没有一名美国军人踏上丹麦领土。与新闻媒体的危言耸听、哗众取宠分子不负责任地散布的荒唐谣言截然相反，事实真相是（看表），截至目前，丹麦境内没有一名美国军人，既没有作战军人，也没有辅佐丹麦反淫秽抵抗运动——该运动被很多人认为是合法的丹麦流亡政府——的军事顾问。

你们可能听到的关于美国武装入侵丹麦领土的报道都是极端荒谬的，是对事实的刻意歪曲。

真相是这样的：几个小时之前，丹麦当地时间午夜，一千名勇敢的美国海军陆战队队员实施了一次两栖登陆行动。这不是对丹麦领土的入侵，而是从丹麦人统治下解放一个许多世纪以来对全世界英语国家人士来说极其神圣的地标。这个地标对美国人来说更是格外神圣。

我指的是，我军解放了艾尔西诺镇，也就是游客熟知的“哈姆雷特城堡”的所在地。这座城镇及城堡的声誉完全归功于威廉·莎士比亚。他是有文字记载的历史上最伟大的英语作家。在遭受了丹麦人几百年的占领和旅游业剥削之后，这座城镇及城堡在今晚被说着那位不朽诗人的语言的美国军人占领。

让我们再看一看地图。这里，艾尔西诺是一座滨海城镇，在首都哥本哈根以北约三十六英里处。因为它离首都只有咫尺之遥，所以几百年来人们一直认为，它有重兵把守、固若金汤。感谢我们的情报机构的卓越工作和我们海军陆战队队员的英勇，美国军队在午夜借着夜色掩护，未发一枪，就成功地将外国侵略者从城堡里驱逐出去。

我自豪地告诉大家，艾尔西诺的值班警卫被打了一个措手不及，他被敲门声惊醒后，只穿着睡衣就来到门前，把门开得很大，我们勇敢的海军陆战队队员在区区几分钟内就占领和控制了整座城堡。这名警卫是当时在城堡内的唯一一名外国侵略者。我们已经将他以及他的旅游手册扣押在城堡的著名地牢内，根据《日内瓦公约》——我国是该公约的签约国，并为此感到骄傲——的规则，全面、透彻地审讯他。

在解放艾尔西诺之后，我向支持淫秽的哥本哈根政府发去了一份公报，绝对明确地通知他们，我们的行动绝不是针对任何国家（包括丹麦在内）的安全利益。任何政府若是敢于以这些行动为借口损害与美国的关系，都将自负责任，好自为之，我们也会从中得出相应的结论。

另外，如果丹麦军队敢于骚扰我们的海军陆战队队员，或者企图将其从“哈姆雷特城堡”驱逐，这将被各行各业的全体美国人民，包括教授、诗人以及家庭主妇和建筑工人，视为对我们文化遗产的悍然侵犯。如果发生此类情况，我将别无选择，只能采取报复行动，以任何一座欧洲城市都不曾遭受过的最大规模的空袭来打击哥本哈根城内的汉斯·克里斯蒂安·安徒生雕像。

我认识到，由于我决定将艾尔西诺从异族统治的重轭下解放出来，我国的一些最知名的意见领袖会向美国人民宣扬失败主义和怀疑动摇的思想。对于那些失败主义者和怀疑动摇分子，我要说的是：假如当今的或未来的丹麦胆敢像他们几百年来残酷无情地占领“哈姆雷特城堡”一样，企图去占领马克·吐温的密苏里，或者《乱世佳人》的美丽老南方，我就会像今晚派遣海军陆战队队员解放艾尔西诺一样，坚决地派遣他们去解放汉尼拔城、亚特兰大、里士满、杰克逊和圣路易斯。而且我无比坚定地相信，绝大多数美国人民在那时还会站在我这边，就像他们现在站在我这边一样。

但是，幸运的是，由于我们在一个遥远国度的古色古香的海边小村尽了我们的职责，我坚信，不仅我们的儿女，还有他们的儿女，将永远不需要用自己的鲜血去保卫祖国的文学地标，不需要去抵御丹麦旅游局的疯狂攻击。

下一步怎么样，要看哥本哈根的了。他们有两个选择。他们要么可以遵照国际法准则，在外交上满足我们向他们提出的要求；要么，面对我们的要求，他们可以继续冥顽不灵、嚣张好斗、骄横跋扈，也正是这些态度触发了这场严重的对抗。

如果他们在接下来的十二小时之内富有诚意地与我们谈判，满足我们的要求，我将即刻撤销对他们海岸的封锁，就像约翰·F. 魅力在他最光辉的时刻撤销了对古巴的封锁一样。另外，我还将以每年十六分之一的速率削减驻扎在他们边境的美军的兵力。最后，如果目前正在进行的审讯结果表明在艾尔西诺城堡被俘的警卫不是受丹麦政府雇佣的丹麦公民，我们将把他释放回哥本哈根。

但是，如果哥本哈根拒绝带着诚意与我们谈判、满足我们的要求，我将立刻派遣十万名美国军人进入丹麦境内。

现在，我要快速地明确这一点：即便是十万大军进入丹麦，也不算是侵略。在我们占领丹麦全境、轰炸主要城市、蹂躏乡村、消灭其军队、收缴公民的武器、监禁支持淫秽的政府领导人、扶持目前正在流亡的政府在哥本哈根执政——按照林肯的说法，让它永不从这个世界泯灭——之后，我们将立刻撤军。

因为我们的伟大国家与丹麦不同，绝不会垂涎外国领土。我们也不愿意干涉他国内政。尽管我们对丹麦反淫秽抵抗运动的愿景非常同情，但多年来我们一直保持着“等等看”的审慎态度，希望丹麦反淫秽抵抗运动这些卓越、高尚而理想主义的人士能够通过民主手段在哥本哈根获得政治权力。不幸的是，支持淫秽党不会准许这样的事情发生，而是一而再再而三，在一次又一次所谓的自由选举中，对丹麦人民洗脑，诱导他们投票反对丹麦反淫秽抵抗运动。这种洗脑技术非常复杂和彻底，最终丹麦反淫秽抵抗运动没有获得一张选票，就像根本没有出现在选票上一样。污秽和龌龊的力量就是用这种方式嘲讽丹麦的民主进程。

我的美国同胞们，哥本哈根就是用这种轻蔑的态度来对付美利坚合众国。只是，我国绝不会容许自己被这样一个军事上的十流国家欺负和羞辱，我国绝不会容许自己的公信力在世界各个角落遭到毁灭。在这个世界上，只有美国的力量能起到威慑作用、阻止侵略。正是出于这个原因，我在今晚通知哥本哈根的领导人，如果他们继续拒绝满足我们的正当要求，我将会动用我们的全部军事力量，在丹麦恢复合法政府的地位。这个合法政府听从理性，而不是暴力；代表的是正派体面，而不是下流堕落；这个合法政府，正如亚伯拉罕·林肯所言，是民有、民治、民享的政府，不仅是丹麦人民的，也是美国人民和全世界善良人民的。

那么，我的美国同胞们，我们对哥本哈根的要求是什么呢？

和我们在一九六八年向英国提出的要求一模一样，不多不少。在那一年，根据国际法准则和文明国家的习惯，英国向我国遣返了杀害马丁·路德·金的逃犯。

我们对哥本哈根的要求是什么呢？和我们在一九六三年向苏联提出的要求——假如杀害魅力总统的凶手企图第二次逃到那里的话——一模一样，不多不少。

我们对哥本哈根的要求是什么呢？是向美国有关部门遣返美国职业棒球大联盟华盛顿参议员队的逃犯查尔斯·柯蒂斯·弗勒德。此人于一九七一年四月二十七日从美国出逃，也就是童子军在华盛顿发动叛乱的正好一周之前。

在过去的二十四小时里国际形势风云变幻，因此为了把来龙去脉讲清楚，我将向诸位仔细解释查尔斯·柯蒂斯·弗勒德案件的全部事实。此人在失踪前，以“库尔特·弗勒德”的假名在华盛顿打球。

和以往一样，我要尽可能清晰明了地向诸位解释全部事实。这就是为什么你们听我在演讲、记者招待会和采访中翻来覆去地重复，我要尽可能清晰明了地向诸位解释一桩事实，或者两桩事实，或者三桩事实，或者不管我有多少桩事实要向诸位阐明。我要把总统的生活比较轻松一面的一个小秘密告诉大家。（淘气、讨人喜欢的微笑）我太太说，我有时甚至在梦里也会这么说。（重又开始说正事）我的美国同胞们，我坚信，你们一定和我一样都认识到了，任何一个像我一样，无论是醒着还是在梦里都经常说“我要尽可能清晰明了地向诸位解释”的人，显然光明磊落，没有任何藏着掖着的秘密。

这个自称“库尔特·弗勒德”的人究竟是什么人？对于很多美国人，尤其是我国的优秀母亲们，这个名字或许像埃里克·斯塔沃·高尔特一样陌生。大家知道，埃里克·斯塔沃·高尔特是杀害马丁·路德·金的凶手詹姆斯·厄尔·雷的假名。

这个“库尔特·弗勒德”究竟是什么人？如果是一年多前提出这个问题，答案还是很简单的。弗勒德在当时是全国联盟的圣路易斯红雀队的棒球运动员。他是中外野手，整个职业生涯的打击率为 .294，这是个非常优异的成绩。他不是名人堂成员，也不是大联盟顶级的球员，但也算不错了。很多人甚至相信，他还有很大的发展空间。我很自豪地说，作为棒球以及所有充满男性气概的体育运动的狂热爱好者，我本人也是这么想的。

然后悲剧降临了。一九七〇年，就像日本人在袭击珍珠港之前没有发出任何警告一样，“库尔特·弗勒德”——他当时就是这么自称的——背叛了棒球运动。而正是这项运动使他成为美国历史上收入最高的黑人之一。一九七〇年，他宣布——这是他自己书里的不打任何折扣的节选——“得有人奋起反抗体制”，然后发起了反对有组织棒球运动的法律诉讼。按照棒球大联盟执行长本人的说法，假如弗勒德胜诉，我们所知的棒球运动将万劫不复。

这个逃犯提起的旨在摧毁我国伟大的消遣运动的诉讼极其复杂，法律行业之外的普通公民很难蹚过这个沼泽。也正是出于这个原因，人们才雇佣律师。我知道，我做律师的时候，人们就是因为这个才雇佣我的。实话说，这可不是吹牛啊，我有办法帮助别人。我还是个初出茅庐的年轻律师的时候，我和皮特[①]靠每周九美元的薪水生活，住在加州的普雷西厄，就是在这儿（在地图上指示）。当时我彻夜苦读，拼命工作，去帮助我的客户，他们大多数是和我跟皮特一样的优秀年轻人。顺便说一下，当时我欠了这些债务：

我们的整洁的小房子还欠一千美元贷款；

欠我亲爱的父母两百美元；

欠我忠实而挚爱的兄弟一百一十美元；

欠我们优秀的牙医十五美元，他是个热心肠的犹太人，我们对他非常尊敬；

---

① 影射尼克松总统的夫人帕特·尼克松。

欠我们善良的杂货商四点三五美元，他是个上了年纪的意大利人，对所有人都特别和气。我还记得他的名字是托尼；

欠我们的华裔洗衣工七十五美分，他虽然身材瘦削，但仍然每天工作到深夜——就像我每天研读法律书籍到深夜一样——挣钱让他的孩子有一天能上得起自己喜欢的大学。我确信，他们现在已经长大了，成了优秀的、卓越的华裔美国人；

欠给我们的老式冰箱送冰块的波兰人，或按照副总统的亲热说法，波兰崽，六十美分。他很壮实，对自己的波兰故国充满了骄傲。

我们还欠一个顶呱呱的爱尔兰裔水管工、一个了不得的日裔勤杂工和一对来自南方腹地的棒极了的夫妻共计二点九美元。这对夫妻和我们同属一个种族，他们的孩子和我们的孩子玩得非常融洽，尽管他们是外地人。

我很自豪地说，我通过在律师事务所的长时间艰苦工作，把欠这些优秀人士的每一分钱都还清了。我的美国同胞们，我今晚要告诉你们的是，由于我的那些长时间艰苦工作，我今天完全有资质去理解这个逃犯向棒球运动提出的诉讼的所有狡猾、奸诈的复杂之处。棒球运动因为贝比·鲁斯、卢·格里克、泰·柯布、特里斯·斯皮克、罗杰斯·霍恩斯比、霍努斯·瓦格纳、沃尔特·约翰逊、克里斯蒂·马修逊和泰德·威廉姆斯这些人的英名而美誉远播，这些人都是名人堂成员，是美国人应该为之骄傲的英雄。

我要告诉你们：在仔细研究了此案的方方面面之后，我必须同意棒球大联盟执行长的睿智意见：如果这名逃犯胜诉，将不可避免地导致棒球这项伟大运动的死亡，而这项运动或许比美国的任何一个其他机构都更能把美国男孩子锻炼成强健、正直、守法的好公民。坦率地说，我们的敌人会发现，要想损害美国的青少年，最好的办法就是消灭棒球运动和它代表的一切。

你们或许还想问："总统先生，如果库尔特·弗勒德想要消灭棒球运动，借此损害美国的青少年，他到哪里能找到一名律师愿意代理他呢？"

在回答这个问题时，我要尽可能开诚布公。

我国百分之九十九点九的律师都是正直诚实之士，忠于司法原则，但是，在我的这个行当里，和其他的行当一样，有极少数人，只要利益诱惑足够大、金钱报酬足够多，就会无所不用其极。在法学院里，我们的教授把这些人称为"追逐救护车的人"和"讼棍"。不幸的是，这些奸佞之徒不仅赖在法律从业者的底层——这就已经够糟糕的了——在非常罕见的情况下还能爬到最顶层，是的，甚至是权力和责任极其重大的职位。

我无须提醒诸位，上一届政府在任期间华盛顿发生了什么丑闻。你们都记得，前一任总统任命到美国最高法院——全国最高级的法院——的一位律师，由于经济上的罪行，不得不辞去该法院法官的职位。尽管此事令所有正派的美国人深恶痛绝，但我认为，在此刻唤醒当年席卷全国的那种义愤填膺之感，也不会带来什么益处。

你们当中有些人会迅速指出，有两个被前一任总统任命为最高法院法官的人因丑闻而被迫辞职。不管是有一个，两个，三个，四个或是五个这样的人，我认为，在此刻唠叨前任政府犯下的错误——尽管这些错误非常严重——并不符合全国团结的利益。诸位选民已经在三年前睿智地否决了前任政府。

过去的事情就已经过去了；没有人比我更懂得这一点。如果我要旧事重提地说出那两个史无前例地辞去全国最高法院法官职务的人的名字，也只是为了尽可能坦率地回答你们的问题——究竟什么样的律师会为库尔特·弗勒德辩护？

那两个从最高法院辞职的人是亚伯·福塔斯先生和阿瑟·戈德堡先生。我的美国同胞们，为查尔斯·柯蒂斯·弗勒德辩护的律师的名字是阿瑟·戈德堡。戈德堡的拼法是 G-o-l-d-b-e-r-g。

在有人指责我企图震惊或吓唬美国公众之前，我要说的是，我自己也被事态的这一发展震惊了。戈德堡先生曾在全国最高法院任职，现在无疑和全国最奸诈的律师一样对法律的里里外外都非常精通。另外，这样一个从行业巅峰摔下的人会不择手段地去努力重获公众的关注，我们当中没有人会对此感到吃惊。在弗勒德案审结之前，如果亚伯·福塔斯先生和阿瑟·戈德堡先生联手为查尔斯·柯蒂斯·弗勒德辩护，我是不会吃惊的。

你们或许会对我说："但是，总统先生，像弗勒德这样企图消灭棒球运动，并且雇佣了这样的律师来达成丑恶目标的人，根本不配法庭听讯。他不仅在嘲弄我们的整个司法体制，而且为了让他'奋起反抗体制'，美国纳税人要付钱去维持他一心要消灭的体制。如果我们允许这种情况发生，我们还不如让敌人教导我们的孩子呢。我们干脆现在就在为自由而战的斗争中举手投降，不发一枪一弹，就把我们的学校和法庭拱手交给民主的不共戴天之敌。"

我向你们保证，我对此完全赞同。事实上，我们现在就在研究，寻求恢复我国法庭昔日的尊严、威望和神圣。诸位知道，我们在华盛顿的一项试验"街头正义计划"取得了一些成功。根据这项计划，我们将在死刑重罪、其他重罪和轻罪的犯罪事实发生，或者甚至是可能发生的当时当地，就迅速予以判决和处罚。通过"街头正义计划"和相关的加速司法进程的手段，我们希望能在一九七二年大选日之前不仅扫清法庭的积案，而且逐渐停用整个审判制度。

逐渐停用整个审判制度对我们的法官的尊严来说当然是件大好事，那样他们就不必低三下四地与最令人憎恶的坏分子打交道了。一旦审判制度被逐渐撤销，我们的案牍劳形的法官就不必和任何分子打交道了。那样他们就有时间去思考和阅读，这对维持高度的司法智慧非常关键。

以更现代化的司法渠道取代陈旧、缓慢的审判制度的第二个好处是：法庭将再次成为美国中小学生参观学习的绝佳场所。我预想，有一天，家长可以放心地让孩子去参观法庭，而不必担心他们看到或者听到什么对成长期青少年不合适或扰乱人心的东西。

我设想，有一天，不仅是中小学生，就连怀抱婴儿的母亲也可以徜徉在正义的殿堂，观察那些身着威风凛凛黑袍的法官。他们摆脱了耗时甚久的庭审的重担，现在可以从思考和法律书籍中汲取世世代代的智慧。我预想，有一天，中小学生和怀抱婴儿的母亲可以坐在陪审员席位上，就好像一场真正的审判正在进行，以这种方式亲身体验从盎格鲁-撒克逊时代沿袭至今的古老司法传统的光辉灿烂。

当然了，我们从前任政府，以及他们之前的三十五任政府继承下来的乌七八糟的司法系统是不可能在一夜之间扫除干净的。因此，就在我们逐步撤销给我国带来如此之多靡费与混乱的审判制度的同时，我们还不得不在法庭对付查尔斯·柯蒂斯·弗勒德及其律师团之流。

幸运的是，两个不同的法庭已经认定查尔斯·柯蒂斯·弗勒德企图消灭棒球运动的行为有罪。我相信，本届政府在任期内作出的这些决定，能够在很大程度上帮助因约翰·兰斯洛特市长的纽约市政府作出释放十三名黑豹党成员的裁决而倍感失望的公众恢复信心。

当然了，我没有权力去指教纽约市长如何管理他的城市，他也没有权力去指教我如何管理这个国家或者全世界。兰斯洛特市长先是作出了这个裁决，然后又决定允许这十三名黑豹党成员在他的城市继续从事政治活动。我必须坦率地说，和绝大多数美国人一样，我被兰斯洛特市长的这两项决定震惊了。作为总统，我只能说，我相信这不会成为全国其他城市处置被无罪开释者的范例。

我绝不怀疑，如果纽约市长处在我的位置，他一定会毫不犹豫地宣布对查尔斯·柯蒂斯·弗勒德网开一面。如果他可以对黑豹党人听之任之，放纵他们在大街上胡作非为——大街对我们的妻儿来说已经不是安全之地了——那么何必将一个没有承认自己是黑豹党的人绳之以法呢？我担心，如果纽约市长处在我的位置，他就会遵循这个逻辑。

但只要他不在我的位置，只要我还是合法民选的美国总统，我就要向你们保证，我绝不会对查尔斯·柯蒂斯·弗勒德这样的逃犯心慈手软。法庭已经两次阻止他毁灭棒球运动、损害美国青少年的恶行，于是他决定不再诉诸法律手段，不再服从体制内的法律、秩序和生活。他企图颠覆和腐蚀美国的青少年，其手段之阴险恶毒，之肆无忌惮，超过最铁石心肠的毒贩和最卑劣的淫秽产品贩子。

对于这样的人，我绝不姑息。查尔斯·柯蒂斯·弗勒德在摧毁美国的阴谋中寻求的同谋不是我们大学校园里的生活放荡、毫无原则和耽于享乐的大学生。他也没有召唤左翼的仇恨社会者、嬉皮士和毁坏国旗者去实施暴力。

你们会问，他究竟要腐蚀什么人呢？我的美国同胞们，答案是，美国童子军。查尔斯·柯蒂斯·弗勒德不仅煽动他们暴动、腐蚀他们的道德，更糟糕的是，就是他，就是他一个人，将童子军驱赶进了昨天在华盛顿特区发生的悲剧中。

我们的勇敢的陆军军人被迫在华盛顿特区的街道，而不是国外，去冒生命危险。绝大多数美国人一定会同意，这着实是个真正意义上的悲剧。但悲剧就这样发生了。在首都，整个漫长的白天和整个漫长的黑夜，我们的英勇士兵仅仅装备了实弹步枪、刺刀、催泪弹和防毒面具，却不得不和多达近一万人的童子军暴徒作战。

我相信，到目前为止，你们都已经知道，这一万名童子军在首都街头吟唱的口号和歌曲的内容是什么。我相信，他们在摄影机镜头前挥舞的标语牌，你们也都已经熟悉了。我不打算向你们重复这些标语牌的措辞。我们只消说，这些标语牌完全符合查尔斯·柯蒂斯·弗勒德的语言和利益。他自己曾在书里说，他最喜欢的城市是丹麦的哥本哈根——世界淫秽之都。

目前，联邦调查局已经收缴了这些标语牌，他们的实验室已经开始一丝不苟地对每一张标语牌作指纹提取和血型测试，以确定每一张标语牌上的污言秽语和手持这张脏话标语牌的童子军的血型之间的关系。如果能够相对准确地确定这种关系——我相信他们能办得到——这将对我们的执法机构帮助很大。根据我们的“预防性监禁”计划，我们将在类似的游行示威发生之前，就对血型可疑的人实施抓捕，以防止他们违反社会的道德体面标准和日常的礼貌、得体和高雅品位的原则。这些原则对绝大多数美国人来说是神圣的。

你们从头条新闻上都已经知道了，约一万名童子军聚集在华盛顿。他们威胁我们英勇军人的生命，这叛乱持续了两天之久。为了维持法律和秩序，我们被迫只杀死了其中三人。平均计算起来，每天只死了一点五个童子军；在第一天，有九千九百九十八点五个童子军继续过着活蹦乱跳的生活；到第二天，还有九千九百九十七个活着。

我认为，按照任何人的标准，在如此严重的危机中万分之三的死亡率已经算很低了，这表明我们在应对该危机时表现出了极大的克制，因为该危机对我们的军人来说原本有可能升级为可怕的悲剧。这应当能够给所有像我一样憎恶流血的人一些安慰，并确凿无误地证明，那种“军方，而不是童子军，应当对暴力事件负责”的恶毒指控是多么荒诞不经。另一方面，我认为，到第二天结束时有三名童子军死亡的事实很好地表明了，在克制的同时，我们也有必要表现出足够的坚定不移。

当然了，我相信，绝大多数美国人都会认识到，不管我们在应对此类暴乱时表现出的克制和坚定二者间的平衡是多么完美，总会有少数夸夸其谈的批评者来吹毛求疵。这些人是永远不会满足的。即使在两天内只有一人死亡，也就是说每天只有零点五人死亡；即使在两天内只有一人轻度伤残，那些批评者也会信口雌黄，仿佛真正的悲剧不是成千上万英勇士兵面临的巨大危险，而是一万人中有一个伤残，而且这个伤残的人还很有可能是个外地人。如果大家待在自己家里的话，就不会遇到危险。相比之下，我们的勇敢军人始终处于危险中。

对于这一小撮批评者，我要把话说清楚。

对于在华盛顿死亡的三名童子军的家人，我也是非常同情的。我是个父亲，而且我深知，孩子对一个人的职业生涯来说有时是多么重要；顺便说一下，妻子也很重要。事实上，我的太太和我们的优秀的孩子们事先已经准备好了不止三份吊唁信，随时都可以寄出去。在整个危机期间，我与华盛顿的停尸房以及全国各地的停尸房保持着不间断的“热线”联系。如果需要发送的不是三份，而是三千份吊唁信，我向你们保证，我的家人和我一定能在尸骨未寒的时候就把这些同情的话语从白宫发送出去。我很骄傲地告诉你们，我的太太和女儿们已经准备好工作到深夜，好让不如我们幸运的家庭能在危急时刻得到一些小小的慰藉。圣诞节快到了，我们在这个时候更不会忘了他们。

但请诸位务必搞清楚这一点：我虽然对无辜家庭非常同情，但同时对三名有罪的童子军却要予以强烈的谴责。我说他们“有罪”，因为假如他们无罪的话，根本就不会死。我们生活的国家可不是那种样子。

我知道，有些人在为童子军辩护，企图为这三名有罪的童子军赢得同情，说什么其中虽然有一人是鹰级童子军的级别，另外两人“仅仅是”童子军新兵。如果我们追问他们，他们就会承认，鹰级童子军是一个训练有素、严守纪律的年轻人，完全有能力开展游击战，因为他要在童子军的等级结构中获得这样的核心地位，就必须掌握各种生存技能。他们问，但是那两个童子军新兵呢？两个小小的童子军新兵怎么可能对我们的国家安全构成如此严重的威胁，以至于非处死他们不可？

我的美国同胞们，让我来回答这个问题。让我展示一下从这两名“小小的童子军新兵”的尸体上搜出来的武器。这些武器隐藏在他们身上，悬挂在腰带上。为了保证本次调查的公正和彻底，我们召集了联邦调查局、特勤局、中央情报局、宪兵队、海岸警卫队、司法部部长办公室、国会警察、哥伦比亚特区警察，以及来自全国各地的执法官员，来搜查尸体。

我相信，大家都还记得，杀害魅力总统的凶手李·哈维·奥斯瓦尔德——我刚才在说到詹姆斯·厄尔·雷和查尔斯·柯蒂斯·弗勒德的时候也曾提及奥斯瓦尔德——使用的是一支花了十二点七八美元从芝加哥的一家邮购商店买来的意大利制造的六点五毫米口径卡宾枪，想到这里，大家的心情一定都非常沉重。在邮购商品清单中，那支步枪看上去或许并不比我即将展示给诸位的武器更加精密，或者更有能耐改变历史轨迹。但我们都不会忘记，它对魅力总统以及我本人的职业生涯产生了怎么样的影响。我知道，对你们中的很多人来说，我右手里拿着的东西和那份邮购商品清单里的十二点七八美元的步枪一样无辜和无害。但是，请大家认识清楚，它和步枪同样有效，甚至可以说比步枪更有效。

首先，毁掉了魅力总统政治生涯的那支步枪全长四十英寸，而我手中拿着的这把刀，在刀刃入鞘的情况下，全长仅四点六二五英寸。所以它是在公共场合使用的理想武器，而全长四十英寸的步枪在校车上、超市里，或者在你和你的家人日常生活中要去的几百个地方之一，却会招致怀疑。

其次，这件武器比普通的步枪凶残得多，在人道方面远远比不上一枚简单的一千磅炸弹，更不必说核武器了。你们知道，我从小就是贵格会教徒，因此对人道特别感兴趣。正因为此，自就任以来，我已经竭尽全力去劝说国会，让他们拨款研制一种世界第一的人道武器。我国拥有雄厚的科技资源，没有理由研发不出一种毁灭性极强、破坏极其彻底的武器来，让全球的每一个男人、女人和小孩都能享受到此前只有极少数在睡梦中死去的幸运儿才享受到的好处，即不知不觉地进入另一个世界。自无法追忆的太古以来，人类就一直梦想着这样的死亡。大家可不要说滑头·E. 迪克松缺乏道德和精神上的理想主义，没有去追寻这个梦想。

但是，我的美国同胞们，让我问你们这个问题。与本届政府日夜辛勤工作去实现的无痛死亡相比，我手中所持刀子的受害者的经历将是多么惨绝人寰，多么痛苦啊！用这么小的武器杀人，不仅需要猛刺五至十次，给对方带来难以言说的巨大痛苦，而且为了达成这个目标，凶手还必须表现出坚持不懈的凶残和冷血的杀人决心。我向你们保证，这种冷酷无情不仅让你我震惊，就连久经沙场的B52轰炸机飞行员也会瞠目结舌。

让我来告诉你们，凶手如何长时间维持这种凶残：我们在越南的飞行员的全部意愿就是尽可能快速、彻底地完成任务，至于那些没有在爆炸中当场死亡的人会发出怎样的哭喊和哀嚎，飞行员没有任何兴趣；与飞行员不同的是，使用这种武器的人显然都是虐待狂，他们喜欢看着鲜血从受害者身上汩汩流出，喜欢听受到伤痛的人哭喊。我们的飞行员在几分之一秒内就能干完的事情——而且还没有血腥和呻吟——这种武器却要花上半个小时。如果他们不是虐待狂，他们怎么会选择这种武器呢？

让我们来仔细查看这把刀。我会把刀片一个一个打开，并向你们解释每一个刀片的功能。大家不要看到它全长仅四点六二五英寸，就认为它仅仅是个杀人工具。和全世界的游击队革命者携带的很多武器一样，它是多功能的。以最痛苦和最折磨人的方式杀人不过是其中一个功能而已。

我们就从四个刀片中最小的一个说起。按照使用此类武器的人的说法，它叫做“开瓶器”。我马上就会解释，这个名字是怎么来的。你们会看到，它的一端是钩状的，长度为一点一二五英寸。它的主要功能是在审讯犯人时挖出他的一只或两只眼睛。也可以用它切割犯人的脚，就像这样，用钩子的尖端将脚割裂。最后，有时还会将它插进不肯招供的犯人的口腔，割断喉咙上部、声带之间的肉。那里的开口叫做“声门”，使用这种刀具的最冷酷无情的人因此给它取了个诨名叫做“声门切割器”，后来演变成“开瓶器”。

第二大的刀片长度为一点七五英寸，一端渐渐变细，在你们看来可能像是微缩的刺刀。不要被外表所迷惑。它与我们的勇敢士兵在两天的童子军叛乱中为了自卫而装在步枪上的刺刀没有任何关系。这个小刀片叫做“皮革打孔器”，远远不是自卫武器，而是又一种刑具，与开瓶器类似。顾名思义，这种刀片被用来在人肉上戳孔。把敌人视为牲畜的革命者将人肉蔑称为“皮革”。最常见的做法是将这个刀片插入犯人的手掌，就像电影《万世流芳》[1] 里用钉子钉人的手掌一样。

第三个刀片比皮革打孔器长零点一二五英寸，更宽一些，一端不是那么细，另一端是钝的，而不是尖的。它叫做“螺丝起子”。传统的用法是将其插入指甲和肉之间的槽内，然后旋转，

---

① 1965 年的美国宗教史诗电影，讲述耶稣基督的生平。此处说“用钉子钉人的手掌”，即指耶稣被钉十字架。

就像这样。但是，情报显示，螺丝起子有时也被插入身体上的孔洞，我在全国电视上就只举两个例子：鼻孔和耳朵。我的有些政敌可能不会这么想——他们也完全有权反对我的观点——但是我从来都不认为需要说脏话来表达自己的观点，我也绝不打算在重要的全国性讲话过程中使用那种策略。

四个刀片中的最后一个可能是你们在噩梦中最熟悉的一个。二点七五英寸长，最宽处的宽度为零点五六二五英寸，刀刃非常锋利，我在这张纸上为大家演示一下。

顺便说一下，并非偶然，这张纸上印的是《宪法》的序言、《人权法案》和常被引用、深受喜爱的十诫，就是非常有名的“汝不可”之类。你们都记得，这十诫为另一部具有极大精神价值的电影提供了美妙而富有启迪的背景，我相信绝大多数美国家庭都像我的家庭一样喜爱这部电影[①]。如果说印在这张纸上的（纸的特写镜头）差不多就是我们整个民族信仰和珍惜的全部东西，应当不算夸张。

我希望你们仔细观察，用这把刀能在几秒钟之内对你我最珍爱的东西造成怎样的损害。

---

① 指1965年的美国史诗电影《十诫》，它取材自《旧约·出埃及记》，讲述犹太先知摩西领导以色列人出走埃及，并于西奈山接受上帝颁布的“十诫”的故事。

（他将那张纸裁成若干一英寸长的条带，然后拿起来给观众看）

当然了，用这把刀，你可以削苹果皮，可以削土豆，可以切黄瓜、小萝卜、西红柿、洋葱和芹菜，用来做沙拉。我相信，那些寻求为这三名童子军开脱的人一定会说，他们将这些武器藏匿在腰带上，奔波数百英里，穿越州界来到首都，就是为了做一盘我刚才描述的美味沙拉。不管是携带刀片的童子军还是携带党员证的人，总会有一小撮人跳出来为他们辩护。

我的美国同胞们，我请你们，而不是那些为罪犯辩护的人，来决定吧。我请你们看看这把刀，它的四个刀片都出了鞘，这些刀片能够给人造成可以上溯到耶稣受难甚至更久远的巨大痛苦。我请你们看看这件四刃刑具。我请你们看看，仅仅其中一把刀片就能对《宪法》序言、《人权法案》和我们挚爱的十诫造成什么样的伤害。我要问你们，对携带这种刀具来到首都的三名童子军，还有什么好辩护的吗？

另外，并非只有这三名童子军在华盛顿期间在腰带上藏匿武器。这只是我们碰巧杀死的三人而已。在童子军叛乱的两天内，我们一共收缴了八千四百六十三把这样的刀具，都与这把一模一样。那就一共是三万三千八百五十二个刀片，足以同时摧残马里兰州切维蔡斯镇的所有居民，包括妇女儿童。

你们会问，我们是如何阻止这样的惨剧在切维蔡斯发生的呢？答案是，我们设置了一个封闭的营地，把没有被枪杀的童子军都安置在了里面。答案是，我们给了他们一个机会来检验自己的野外生存能力，让他们在没有食物和房屋的荒郊野外过夜，把他们的注意力从暴力和违法上转移开。

让我告诉你们：在我们把这些孩子从街头带走，送到条件恶劣的营地之后——在这个过程中，警方志愿帮助我们把孩子们带走——他们就表现出自己的确是身体力行了童子军的著名箴言“时刻准备着”，这表明美国的童子军运动的确非常成功。

让我们来看看他们的诸多成就中的少数几个例子：

首先，在缺少卫生设施的情况下，他们把自己的排泄物和用来保持个人卫生的树叶处理得很妥当。

其次，他们以令人肃然起敬的方式分享了水壶里所剩不多的水。或者，从将近一万人中没有一个人因为口渴而毙命的事实来看，他们做得不错。他们也没有犯下饮用营地池塘的水或者甚至敢于在池塘内洗澡的错误，因为他们都非常熟悉污水排放和淤塞的危险迹象。

任何熟悉童子军训练科目的人都知道，他们懂得用领巾当作止血带来替伤员止血，但是我们当中很少有人相信，他们有本事用藤类、树枝和衬衫撕成的碎片来制作夹板，因为这个活计几乎算是专业的了。

至于食物，我非常自豪地告诉你们，到早上的时候，他们已经找到了一些我们根本不知道生长在那里的可食用根茎和浆果。至于取暖，你们肯定也想得到的，他们在夜间用经典的童子军技术，就是用两根棍子互相摩擦，生起了好几堆篝火。

马里兰州切维蔡斯的居民逃过了一劫，而童子军获得了一次野外生存的美好经历，我相信他们会铭记在心。我知道，今天早上，警方派车来接他们离开营地时，很多孩子都不愿意走。有些人一心想在星光下再度过一个夜晚，远离所谓的文明生活的“便利”，比如医疗、律师、电话和食物，以至于警察不得不追逐他们，把他们拖离营地，推上卡车。现在的青少年过“简朴的户外生活”的机会越来越少了，本届政府能够在昨夜为这些年轻人提供一个这样的机会，当然颇感自豪。另外，我们还向他们保证，如果他们再来华盛顿，我们一定会尽最大努力为他们提供相同的设施，或者甚至更原始的设施，如果能找得到的话。

我知道，全国人民中有很多人一定在问，我为什么要对童子军如此慷慨大度？我为什么要赞扬他们在营地的表现？我为什么愿意原谅这些年轻人，给他们一个洗心革面、重新做人的机会？你们当中的一些人一定看到了那些童子军在首都街头挥舞的那些下流的标语——这些标语不仅对我个人是极大的侮辱，更糟糕的是，对我的无辜家人也造成了伤害——因此我比任何人都更有理由忌恨这一万名童子军，尤其是忌恨那三个已经死了的童子军，因为他们再也不能像负责任的好孩子一样来到我面前，为毁谤我的名誉而赔礼道歉了。你们或许会问，当我自己的政治生涯受到这些标语威胁最严重的时候，我为什么还要如此富有同情心，如此贤明公正，如此慈悲为怀，如此宽容和睿智？

嗯，这些都是很好的、很睿智的问题。让我来尽可能坦率地回答这些问题。

我的美国同胞们，就这么简单（快速地用一块海绵擦拭了一下上唇，然后又把它放回胸口衣袋）：我宁愿只当一届总统，也不愿意忌恨一群十二三岁的美国小孩。当然了，有些人或许会从对这些年轻人的仇恨里拼命榨取政治价值，说他们是流氓、无赖和害群之马，但我是个心胸开阔的人，我可不会那么做。在我看来，这些孩子已经得到了教训，他们在营地的表现就是明证；那三个死掉的童子军也得到了教训。即便那三个死掉的孩子不来向我赔礼道歉，我也愿意既往不咎、宽大为怀。请大家一定要搞清楚这一点：我固然强烈反对放纵坏人，但同样反对睚眦必报。我不会同意允许罪犯在实施犯罪之后逍遥法外的自由主义哲学，但也不同意过度地惩罚犯错的人。

但更重要的是，我不相信治标不治本的做法。我们必须直接触及病根。你们当然和我一样心知肚明，美国的问题的根源不是美国童子军。没有人会相信这一点，所以我根本不为这种观点辩护。

不，美国童子军——我想，这一定会让你们所有人松一口气——和你我一样，是清白无辜的。他们只是被蒙蔽、被欺骗的又一群美国青少年。蒙蔽和欺骗他们的是一小撮铁石心肠的对社会不满分子和革命党，他们一心要摧毁我们的国家，他们的手段就是摧毁我们最重要的自然资源——我们的优秀青少年。除非我们尽可能迅速而彻底地从我们的社会中切除污染源，就像从人体切除肿瘤一样——我知道，我们所有人，不管是民主党人还是共和党人，在反对肿瘤这个问题上是团结一致的——这种已经感染了童子军的疾病将会疯狂肆虐，直到感染全国的每一个孩子，包括你们的孩子。只要我当总统一天，我就绝对不会看着美国的孩子患上癌症、白血病——或者，顺便说一下，还有肌营养不良——而不管不顾。

不，应当受惩罚的不是美国童子军，而是扰乱他们的道德、煽动他们叛乱的那个人。所有妄图腐蚀我国青年的人都必将受到惩罚。我的美国同胞们，那个人，就是支持淫秽的哥本哈根政府目前正在庇护的逃犯。根据司法部和联邦调查局的调查，查尔斯·柯蒂斯·弗勒德与童子军叛乱确有关联，铁证如山。

但是在全国电视节目上，我不能向各位透露这些证据。但我们都知道，职业棒球大联盟的球员对我国青少年的头脑和心灵有多么大的影响力。我相信，任何能记得起来自己在少年时多么崇拜伟大球星的人，根本不需要证据就一定能想象到，查尔斯·柯蒂斯·弗勒德能够怎么样误导和蒙蔽这些青少年，来达到他自己的颠覆目的。

关于证明弗勒德罪责的证据，今晚我就只能说这么多了。我也曾从事法律工作，因此对被告享有的宪法赋予的权利十分敏感。我当然不愿意在全国电视节目上摆出审判这个逃犯的姿态，以此来影响他被判有罪的概率。等他被遣返回美国之后，他将得到公正的审判，尽管他的罪恶罄竹难书。审判他的陪审员也不会因为受到美国总统这样令人敬畏的人物的影响，而对他持有偏见。

现在，作为你们的总统，我的职责就是尽一切努力，将这名逃犯抓回我国领土。当然了，我们并不指望弗勒德会主动离开在丹麦的避难所，因为丹麦的风俗习惯与我国迥然不同，他可以在那里纵情享乐。如果说弗勒德无法从享乐中抽身去面对自己恶毒罪行的结果，那么支持淫秽的哥本哈根政府也没有做任何努力去强迫他向负责遣返的有关部门自首。恰恰相反，哥本哈根政府悍然拒绝了我们向他们提出的所有正当要求。甚至在当前，美国陆军重兵云集他们的边境，美国海军将他们的海岸封锁得水泄不通，美国海军陆战队队员牢牢地控制着“哈姆雷特城堡”之际，他们仍然继续向他提供庇护。他们就是这样庇护全世界的淫秽产品贩子的。

我知道，美国的力量和威望受到了极大蔑视，而绝大多数美国人都会同意，我别无选择，只能命令部队开进丹麦境内，扶持丹麦反淫秽的抵抗运动成为哥本哈根的自由民选政府。但我要告诉你们的是：由于我的贵格会教徒背景，就在两个小时之前，我作了最后一次勇敢的努力，希望和平解决与丹麦的争端。在今晚讲话的末尾，我将详细地向你们解释此次努力的具体细节。这是一个大无畏的勇气和爱国主义的故事，每一个美国人都应当为之骄傲。这个故事将向全世界证明，我们这个伟大国度为了避免丹麦政府一心强加于我们的武装冲突，做了多么大的努力。

我的美国同胞们，就在此次电视讲话开始的两个小时以前，作为尽职尽责的武装力量最高统帅，我命令一队直升机在丹麦的大型岛屿西兰岛实施了突袭登陆行动，地点就在这里（在地图上指示），离首都哥本哈根只有二十海里。

我认识到，这样英勇的人道主义行动是多么危险。志愿执行此次任务的勇敢的绿色贝雷帽特种部队和游骑兵也认识到了这一点。他们不仅需要在树梢高度飞行以躲避丹麦雷达系统的搜索，而且我们也不能准确地判断，弗勒德在丹麦政府的许可下（如果不是直截了当的支持下），究竟聚集了多少武器。他会不会施放毒气？他敢不敢动用战术核武器？我们的航拍照片也无法告诉我们，这个人脑子里究竟在想什么，他违反战争的成文法和不成文法究竟敢于走到哪一步。

但是，卫星侦察，以及有人驾驶和无人驾驶的侦察机都极其明确地告诉我们，逃犯就藏匿在这里。我知道，除了武装冲突（我身为贵格会教徒，坚决反对武装冲突）之外，没有任何办法能迫使丹麦政府将弗勒德遣返回美国，于是我下达了发动突袭的命令。

此次行动的目标是抓获弗勒德，用直升机将他押往艾尔西诺，然后从那里用军用喷气机将其押回美国。我将此次行动命名为“勇气行动”，并将任务交给了“勇猛”联合紧急特遣队。

我的美国同胞们，我现在可以满怀自豪地告诉你们，“勇气行动”已经取得了圆满成功，与事先仔细制订和预演的计划分毫不差。

首先，从艾尔西诺前往登陆场的险象环生的飞行耗时二十二分钟又十四秒，完全遵照了计划。随后，对农舍、附属建筑物和耕地的危险搜查花了三十四分钟又十八秒；换句话说，还剩余了整整两秒钟时间。棘手的撤退过程和事先计划一模一样，耗时七分钟；在树梢高度飞回艾尔西诺的大胆航程耗时正好二十二分钟。这不仅比计划用时少了四秒钟，而且，我自豪地告诉大家，为丹麦国内直升机在这段距离的飞行创造了一个新纪录。另外，我军安全返航，没有任何人员伤亡。和在艾尔西诺一样，此处的敌人也完全被打了一个措手不及，一弹未发。

我骄傲地告诉大家，险象环生的“勇气行动”不仅执行得特别得力，时间把握极好，而且情报工作也非常优秀。

首先，根据航拍照片，有七名金发女子整天进出农舍。我军登陆时，这七人也在场。和我们预想的一样，她们当时躺在遍布全屋的床上。绿色贝雷帽将她们以及声称是她们“父母”的夫妇缉拿并留待审讯。被我军在床上抓获的金发女子衣衫不整的程度不同，年龄从七岁到十八岁各异。

其次，航拍照片中的黑色圆形物体被我军情报人员明确地识别为西瓜。但在我军登陆时，西瓜已经从田地消失得无影无踪，西瓜藤也已销声匿迹。我军情报人员据此判断，在突袭的仅仅几个小时以前，暴露踪迹的西瓜被取走，换成了我军登陆时发现的普通石块和土豆作物。显然，逃犯是在最后关头绝望地企图避免被我军的航空侦察手段发现。

至于航拍照片上的大型黑色物体，被识别为查尔斯·柯蒂斯·弗勒德本人，但他也在最后关头被换成了一只大型拉布拉多犬。前一夜的航拍照片还显示，逃犯在借助月光做体育锻炼。但我军登陆时，发现的只是那只狗在同一片田地里嬉戏。

负责指挥“勇气行动”的指挥官当机立断，为了严格执行计划，把原定用于抓捕弗勒德的时间用来逮捕这只狗。这表现出了我军指挥官的热血赤诚和极高的专业水准。这只狗被捆缚起来，在严密看押下被送上指挥直升机，押往艾尔西诺的“哈姆雷特城堡”。但是，直升机着陆之后，我立即从白宫发布命令，要求立即停止对这只狗的审讯，解开它的镣铐，并允许它在有绳子牵着的情况下在城堡草地上自由行动。

我的美国同胞们，我可以向你们保证，美国军人对这只狗的友善态度与逃犯的冷酷无情、玩世不恭形成了鲜明对照。逃犯居然强迫这只手无寸铁的动物当他的“替身”，自己却再次逃之夭夭。

我原本希望今晚能够来到你们面前，告诉大家，弗勒德已经处于美国官员的监禁之下、我们无须为了将他遣返而对冥顽不灵、态度恶劣的丹麦政府采取进一步措施。请诸位确信，我们要对付的是一个穷凶极恶的人，他为了保住自己的性命，居然宁愿牺牲一只无辜雌犬的生命。如果我们对付的不是这样的恶棍的话，我原本就可以告诉大家，逃犯已经落网。

尽管“勇猛”联合紧急特遣队此次未能抓获逃犯，但我仍然要借这个机会，向他们在“勇气行动”中表现出的娴熟技能、无畏勇气和忠诚奉献精神表示钦佩。他们将此次微妙的秘密行动执行得如此天衣无缝，这对全体美国人都是极大的激励。而且，它肯定是丹麦危机到目前为止最成功的一次此类行动。我们发现并利用了丹麦雷达系统漏洞，单单这一点就足以让哥本哈根丢尽脸面。这必然会对丹麦人民及其军队的斗志造成严重打击。

我的美国同胞们，我将用一位非常伟大的人的言辞结束今天的讲话。这句话是不朽诗人和著名人道主义者威廉·莎士比亚写下的。是的，这句话是在几百年前由一支鹅毛笔在一张羊皮纸上写下的，但它从来没有像今晚这样写实过。莎士比亚就是这么说的。他说：“丹麦国里恐怕有些不可告人的坏事。”这位不朽诗人当时并不知道，他这话多么有预见性，在几百年之后竟会成为现实。

我的美国同胞们，（滑头从椅子上站起来，坐到桌边）丹麦国里恐怕有些不可告人的坏事——大家对此要认识清楚。如果美国青年要承担起责任，去消灭丹麦青年无力消灭的不可告人的坏事，我知道，他们丝毫不会犹豫。（捏紧拳头）因为我们不会坐视不管，眼睁睁看着曾经光辉伟大的哈姆雷特的家乡堕落下去。

（俯视）恰恰相反，我们的事业是正义的，我们将凝聚一切力量（友善地快速瞥了一眼天花板），蒙上帝保佑，一劳永逸地将污秽之事从丹麦清洗出去（凝视远方片刻，没有眨眼）。

谢谢大家，晚安。

五　滑头遇刺

美国总统已死。我们重复此次快报。滑头·E. 迪克松已死。目前的消息就只有这么多。

白宫拒绝评论此前的一份声称美国总统已死的快报。白宫扯淡秘书说："关于总统死亡的报道是彻头彻尾的谎言。"但补充说，他目前不会"断然"否认这种说法。

关于总统之死，仍然流传着各种互相矛盾的传闻。白宫的第二份声明请大家注意总统在今天的日程安排，并指出，总统并没有在今天死亡的计划。总统在明天的日程安排也被公之于众，其中仍然没有总统死亡的计划，也没有他的顾问让他死亡的计划。"我想，"白宫扯淡秘书说，"考虑到这些日程安排，我们最好静候总统本人的声明。"

沃尔特·里德陆军医院传出的报道似乎能够证实，前一份快报是正确的，美国总统确已死亡。死因尚不清楚，但总统似乎于昨天晚些时候被送进沃尔特·里德陆军医院接受手术。此次秘密手术的目的是摘除他臀部的汗腺。我们目前掌握的情况就只有这些。

副总统直截了当地否认了关于总统死亡的报道。这是副总统在前往全国约德尔唱法[1]协会演讲的途中说的话：

“这是恶毒诽谤他人的卑鄙下流的家伙胡编乱造出来的厚颜无耻的下贱谎言。”

“那么，副总统先生，说他于昨夜秘密来到沃尔特·里德陆军医院摘除臀部汗腺的报道是否属实？”

“一派胡言。下流无耻。令人发指。我在五分钟之前还和他说过话，他非常健康。这个可悲的谎言是精神错乱的左派炮制出来的可悲的弥天大谎。”

沃尔特·里德医院传出的未经证实的消息称，总统的尸体于今晨七时被发现。至于死因以及尸体被发现的地点，尚不明确。

① 约德尔唱法是一种快速并重复地从胸音到头音转换的大跨度音阶的歌唱形式，产生一串高—低—高—低的声音，在瑞士等地的传统音乐中可以找到。

据猜测，他是在接受摘除臀部汗腺的手术之后死亡的。

我们把镜头切换到共和党全国总部，共和党全国委员会主席正在接受采访：

“我不相信，仅仅因为这位伟大的美国人死了，绝大多数美国人就不会选他连任。”

“那么，先生，您承认他已经死了吗？”

“我绝对没有这么说。我说的是，我不认为，如果他在从现在到大选之间的时期死亡的话，会影响他在绝大多数美国人心目中的地位。毕竟，这也不是你们这些人第一次说他死了，但他还在嘛，还是美国总统。”

“但我们以前说的是政治上的死亡。”

“我不愿意跟你们这些家伙花里胡哨地讨论什么语义学。我的意思是，不管这些谣言是真是假，都绝不会影响我们的大选计划。我甚至可以说，假如他真的死了，我们在一九七二年大选中获胜的把握会比一九六八年大得多。”

“您能不能解释一下呢，主席先生？”

“嗯，我本人无法想象，我国的新闻界——尽管素来极不负责任、穷凶极恶——会在他死了之后还对他穷追猛打，就像他在世时那样。另外，至于选民，在我看来，死了的迪克松能够激发选民的某种同情、某种温情，这是他还活蹦乱跳的时候无论如何激发不了的。”

“那么，您的意思是，如果他死了，对他的形象会更有利？”

“这毫无疑问。我认为，假如他死了，媒体曝光率会和他活着的时候一样高。这说不定就是我们一直在寻找的一针强心剂呢，尤其是如果民主党让泰迪·魅力①参选的话。”

“您能不能解释一下呢，主席先生？”

“嗯，假设滑头·E. 迪克松的确已经不在世了，那会对魅力的感召力造成强有力的打击。你们看，一个候选人有两位死去的哥哥，这是一回事；但候选人本人死了，这是另外一回事。我的意思是，如果能以史为鉴的话——我认为是可以的——总统都已经死了，你还怎么能赢得了他呢？”

“主席先生，现在大家越来越怀疑，你们这是故意放出总统已死的消息，来测验大家的反应，看看能够获得多少政治上的好处。这种怀疑有根据吗？因为，一方面您本人坚信不疑，总统的死亡能够大大提升他已经在滑坡的支持率；而另一方面，‘叫什么名字来着’副总统却声称，总统‘非常健康’，这些传闻都是

---

① 影射爱德华·摩尔·“泰德”·肯尼迪（1932—2009），美国政治家。他是美国政坛上肯尼迪家族的一名重要代表人物，其父亲是前任美国驻英国大使老约瑟夫·帕·肯尼迪，两个兄长分别是约翰·肯尼迪总统和罗伯特·肯尼迪参议员。

‘精神错乱的左派’炮制出来的。”

“听着，我绝没有批评美国副总统的头韵措辞[①]的意思。根据宪法，他像任何一位美国公民一样，想用多少头韵，就可以用多少头韵。我现在是严格地以党主席的身份跟你们说话。我要明明白白地告诉你们的是，总统不会为了任何理由退出竞选，包括他自己的死亡。谁要是以为出了那种事情他就会出局，就根本不了解总统是个什么样的汉子。他可不是骗子·B. 约翰逊。约翰逊仅仅因为全国人民都对他恨之入骨、没有丝毫信任，就打退堂鼓了。不，你光是仇恨滑头·E. 迪克松，是吓不垮他的。他已经被人恨了一辈子，早就习惯啦。而且，你就是把他杀了，也阻止不了他参选。我们曾经目睹他浴火重生，我坚信这一次还会看到他这么做。如果他要从骨灰瓮里向大会讲话，他也会那么干的。他就是这样一位忠心耿耿、赤诚奉献的美国人。”

白宫刚刚发布了一条声明，否认——我重复一遍，是否认——总统于昨天进入沃尔特·里德医院以摘除他的臀部汗腺。但至于迪克松总统是死是活，白宫仍然没有传出任何消息。

---

① 副总统在这一章中痛斥政敌，使用的词大多是押头韵的。头韵是指某些语言中（如英语和德语），连续的若干个词以相同的辅音开始，这是诗歌的一种技巧。

我们现在把镜头切换到全国举重运动员大会。“叫什么名字来着”副总统正在发表即兴讲话，谴责那些他认为炮制了这个“可悲的谎言”的人：

“傻瓜、多愁善感的家伙、神经衰弱患者、神经官能症患者、恋尸癖——”

我们中断副总统的头韵演讲，把镜头切换到沃尔特·里德医院，作一个特别报道：

“这里的气氛非常肃穆，但我们仍然搞不清楚整个事情的来龙去脉。现在看来，总统似乎的确在昨天晚些时候进入这家医院，以接受秘密手术。最初的消息称，此次手术的位置是他的臀部，目的是摘除该处的汗腺。但是你们知道，白宫已经断然否认了这种说法。就在刚才，我得知他们否认的原因了。手术的位置不是总统的臀部，而是唇部，唇——部。根据各方面的消息，到今天早上，他嘴唇上的汗腺就应该已经被摘除了。但是，根据最新的白宫公报，由于‘事先不可预知的事态’，手术被推迟了。据医院高层的消息灵通人士说，这个‘事先不可预知的事态’就是美国总统的死亡。现在我看到国防部部长从医院走了出来，向这边走过来。猪油部长，您是刚从总统身边来吗?”

“是的。”

“您看上去挺沮丧的，先生。您能不能告诉我们，他是死是活？”

“我不方便回答这个问题。”

“有不同来源的未经证实的消息说，有人在今天早上七点发现了他的尸体。”

“无可奉告。”

“您能不能告诉我们，您为什么要来见他？”

“我是来了解他的结束战争的秘密时间表的。”

“除了总统本人，还有其他人知道这个时间表的内容吗？”

“当然没有。”

“那么，如果他死了的话，就把秘密时间表也带进坟墓了？”

“无可奉告。”

“猪油部长，除了您之外，还有其他人来见总统吗？”

“有的。参谋长联席会议成员。当然还有教授。”

“他们也不知道秘密时间表的内容吗？”

“我说过了，除了他之外没有人知道。要不怎么叫秘密时间表嘛。”

“他太太也不知道？”

“呃，今天早上我们打电话给她的时候，她以为自己知道。但那只是一份旧的华盛顿和纽约之间的列车时刻表。她是在他的一件西装里找到的。”

“他有没有可能把时间表放到其他什么地方了呢?”

“不大可能。”

“你们把床垫切开检查了吗?”

“哦，全套搜查工作都做了。把地板拆开。撕掉墙壁镶板。把房子翻得底朝天。没找到任何看上去像是秘密时间表的东西。”

“部长先生，您说的每一句话似乎都证实总统的确已经死了。如果是那样的话，您和参谋长联席会议成员，还有教授，围坐在死尸周围干什么呢？是想要找到关键信息吗?”

“嗯，还有一个通灵大师和我们在一起。”

“通灵大师?”

“哦，别担心。她以前也给我们干过活。最高安全级别。一流的吉卜赛人。”

“她和总统的灵魂交流成功了吗?”

“我相信我应该可以说，她成功了。”

“您是怎么知道的?”

“呃，她和一个声音谈了起来，那个声音一直说自己是贵格会教徒。”

“那秘密时间表呢?”

“他说那是个秘密，而且他不能辜负美国人民对他的信任，一定要守住这个神圣的秘密。他说，哪怕他下了地狱，被穿刺在烤肉叉上烧，也绝不会告诉任何人。”

“诚实得简直过分啦。”

“嗯，你知道的，他一撒谎就会流汗，所以必须要绝对诚实。否则大家会倾向于并不总是相信他说的每一句话。”

“女士们，先生们，我们刚才采访的是国防部部长，在沃尔特·里德医院外的草坪上直接向大家讲话。正如你们所看到的，在采访的整个过程中，部长都心情颓丧，眼泪几乎夺眶而出，似乎能够证实总统确已死亡。现在我们把镜头切换回副总统那里，他现在正在向全国吞剑特技演员协会讲话。”

“——精神病患者、眼泪汪汪的家伙、做皮肉生意的、阴谋破坏分子、以萨福自居的人、以斯温伯恩自居的人①、猪猡、色狼、精神病、鸡奸者、娘娘腔、尖叫的家伙、疯子、渣滓、自拍马屁的家伙、耸人听闻的家伙、藏在草丛的蛇、性变态恶魔、懒虫、黑鬼、毛糙糙的家伙、病歪歪的家伙、梅毒病人——”

现在我们把镜头切换到联邦调查局总部：

---

① 阿尔杰农·查尔斯·斯温伯恩（1837—1909），英国诗人、剧作家、小说家和批评家，多次被提名诺贝尔奖。

“局长，这是总统昨夜在电视上演示的同一把刀子吗?”

“毫无疑问。这不是四个刀片嘛。你数数看。一，二，三，四。板上钉钉、一目了然。”

“但是，据我所知，你们收缴了大约八千把这样的刀子——”

“别担心，我们把那八千把都仔细检查过了。就是这一把。凶器就是这个，没有任何疑问。”

“那么，总统是被谋杀的?”

“我现在还不能这么说。但我可以向你保证，假如的确发生了谋杀，那么凶器肯定是这个。”

“你们已经把凶手逮捕了吗?”

“悠着点，一样一样来嘛。如果咱们一口气猛冲过来，告诉大家已经抓住了凶手，大家肯定会以为咱们是到大街上随便抓了个人来充数。咱们至少得先宣布发生了谋杀，然后才开始指控别人。”

“那么谋杀的方式呢？是被刺死的吗?”

“你看你，又来了，还不知道有没有谋杀呢，就假设有了。但是，当然了，我可以说：既然凶器是刀子，那么死者极有可能是被刺死的，是这样的。当然了，还有其他的可能性，我们现在正在仔细调查。”

“比方说呢，有什么样的可能性?”

“嗯，当然了，比方说棒击致死。还有各种各样的毒刑，就像总统本人那天夜间在电视上概括的。”

“换句话说，总统著名的双眼有可能被挖出来了。”

“目前还不能排除这个可能性。”

“但凶手是谁呢？如何行凶的呢？作案的时间和地点呢？”

“听着，我们联邦调查局有句话是这么说的，你不问我问题，我也就不会撒谎。现在最重要的事情是，我们要让美国人民安下心来，我们不仅在案件尚未告破的时候就牢牢掌握了案情，而且在还没有任何确凿事实的时候，就已经让他们了解全部事实了。我们就是不想像上次总统遇刺时那样受到那种批评。”

“您指的是哪种批评？”

“嗯，上次总统被刺的时候，整个事情都稀里糊涂的，对吧？政府缺乏公信力，诸如此类。老百姓认为政府没有把全部真相和盘托出。指责我们掩盖事实、被突发事件搞得手足无措，诸如此类。嗯，我可以向你们保证，这次不会了。这一次，我们已经掌握了凶器，在案发之前也相当清楚究竟是谁干的，现在只得等到消息说确实发生了谋杀，就可以动手抓人了。当然要隔一段时间再抓人，免得有人说我们随随便便抓了个倒霉蛋来抵罪。”

“凶手是童子军吗？我的意思是，如果当真发生了谋杀，凶手会是童子军吗？”

“嗯，当然了，我只不过是区区一名执法官员。我不能决定谁是罪犯，我只能在有关部门决定谁是罪犯之后，对其实施抓捕。但我要说这一点。如果我们没有发现童子军犯罪的有说服力的动机的话，我们也不会把童子军的刀子确定为凶器了。上次总统遇刺案的麻烦之处就在于找不到有说服力的动机。毕竟案子涉及的可是全国最高级别的民选官员啊。这种事情发生的时候，老百姓喜欢有说服力的动机。我也不能怪他们。所以这一次我们要给老百姓一个有说服力的动机。否则，又会发生全国意见分歧、政府丧失公信力、老百姓满腹狐疑、一切都稀里糊涂的状况。”

“那么，您果真相信，童子军的刀子能够消除这些疑虑和不信任?”

“为什么这么问? 难道你不相信?”

“呃，这轮不到我决定。我只是个客观公正的记者。”

“不，不，别客气，你来说说，你是怎么想的? 你客观公正，也不能说明你是个傻瓜嘛。你认为童子军刀子的说服力还不够吗? 是这样吗?”

“但不管这究竟是不是凶器，我怎么想并不重要啊。”

“换句话说，你在暗示这种说法在你看来还是太牵强附会了。很好。那你对这个怎么看?”

“那个?”

“是的，先生，一根路易维尔牌球棍。库尔特・弗勒德本人的棒球棍。让我来用这个总统头部模型来演示一下，这东西能够造成多么大的损害。你还记得我刚才说过‘棒击致死’。看着!”

现在我们把镜头转回白宫，总统的扯淡秘书要发布一条重要消息。

“女士们，先生们，关于总统的健康，我要发布如下的消息。昨天午夜，总统进入了沃尔特·里德陆军医院，接受一次小手术，以摘除他上唇的汗腺。”

“牛皮大王，你能不能把那个词拼读一下?”

“唇。l-i-p。”

“前面一个词呢?”

“上。u-p-p-e-r……众所周知，总统素来愿意尽一切努力去赢得美国人民的信任和信心，如果可能的话，还想赢得他们的好感。他相信，如果他在向全国讲话的时候上唇不流汗，绝大多数美国人就会相信他是一言九鼎的诚实君子，甚至还会更喜欢他一点。当然，并不是说上唇流汗的人就一定是骗子，就一定不讨人喜欢。很多上唇流汗多的人在各自的社区内都是非常优秀的公民，他们之所以流汗多，是因为要尽很多公民义务。还有很多善良、勤劳的普通公民，他们上唇流汗就是自然现象而已。女士们，先生们，目前我要和你们说的就是这么多。如果不是有谣言说总统的‘臀部’需要手术的话，我是不会像这样把你们召集到这里来的。这是彻头彻尾的造谣，我希望你们第一个知道这一点。我希望到明天早上的时候就能向你们提供总统臀部的 X 光片子，就能斩钉截铁地证明，他的臀部非常健康。”

“是哪一侧的臀部呢，牛皮大王？”

“左臀。”

“右臀怎么样了呢？”

“右臀的 X 光片子，我们会尽力在一周之内给你们。我向你们保证，我们在尽快澄清此事。我们可不想让全国人民以为总统的臀部出了什么毛病。”

“那么，牛皮大王，关于他已经死亡的消息呢？”

“目前无可奉告。”

“但是有人看到猪油部长今天离开沃尔特·里德陆军医院的时候流泪了。这肯定能说明迪克松总统已经死了吧。”

“也不尽然。说不定，这恰恰说明他还活着。先生们，兹事体大，我不能妄加揣测。”

“有消息说，他是被一个发飙的童子军谋杀的，是这样吗？”

“我们正在调查此事。我向你们保证，如果这个传闻有一丁点真实性的话，我们会和你们联络。”

“关于他的状况，你能不能说点肯定的话？”

“他正在非常舒适地休息。”

“汗腺已经摘除了吗？如果是的话，我们能不能看看摘下来的汗腺？”

“无可奉告。另外，能不能把总统的汗腺拿给摄影师拍照之类的，完全取决于第一夫人的意愿。我想她可能会把这么私人的东西留给近亲，将来也许会在普雷西厄建一座滑头·E. 迪克松图书馆来收藏这些汗腺。”

“牛皮大王，你能不能告诉我们，那些汗腺有多大？”

“嗯，考虑到他过去流汗的量非常大，我想汗腺一定不小吧。但我只是猜测。我没亲眼看过。”

“牛皮大王，有人说，他在沃尔特·里德陆军医院的时候还打算做一个防止目光游离的手术？”

“无可奉告。”

“这是否意味着，他的眼睛被挖出来了？”

“无可奉告。”

“牛皮大王，他的眼睛会不会也收藏在普雷西厄的滑头·E. 迪克松图书馆？”

“我再说一遍，这完全取决于第一夫人的意愿。”

“牛皮大王，他的手势动作怎么办？曾有人批评他的手势动作不自然、太做作，有时和他说的内容不协调。他如果还活着的话，有没有打算去治疗这个问题？如果有的话，又如何治疗呢？医生能不能把他的动作协调起来之类的？”

“先生们，我相信，医生一定会竭尽全力让他尽可能看起来忠厚老实。”

“最后一个问题，牛皮大王。如果他死了，‘叫什么名字来着’先生就是总统了。有传言说，你们故意推迟宣布迪克松的死讯，是因为你们正在十万火急地找人来替代‘叫什么名字来着’。这个传言是真的吗？是不是正因为如此，‘叫什么名字来着’先生才一直措辞强硬地否认总统已死的消息——因为他害怕被抛弃？”

“先生们，我想，你们和我一样都知道，副总统如果对自己当美国总统的资格有一丁点怀疑的话，也不会想要当总统的。你这个问题根本不值得回答。”

“晚上好。我是勃起·严酷脑袋，在首都向您播报一条令人信服的新闻分析……噤声的沉默弥漫在权力的走廊。伟人们窃窃私语，同时首都在惊愕地等待。就连波多马克河畔的樱花似乎也感受到了事态的重大。事态着实重大。但过去也曾发生过重大事态，我们的国家也熬过了那些关口。黄昏时分，谨慎乐观的情绪奔涌起来。然后，古老的太阳落到这些理智的宏伟广厦背后，黑暗再一次降临。但黑暗在过去也曾降临，我们的国家也存活了下来。因为，尽管人固有一死，崇高的原则永存不朽。因为权力的走廊内的人们展示的，正是人固有一死。因为没有人敢于玩弄政治来亵渎如此宏大悲剧的重大意义，或者如此重大悲剧的宏大规模。如果这真是一场悲剧。但悲剧也曾发生过，而建立在希望和对人与神明的信任基础之上的国家安然度过了风风雨雨。在今夜，在这个忧心忡忡的首都，男人们在观察，在等待。在今夜，在这个忧心忡忡的首都，女人们和孩子们也在观察，在等待。我是勃起·严酷脑袋，在华盛顿特区为您报道。”

“——烧毁国旗的家伙、基佬、玻璃崽、兜售淫秽品的小贩、昔日的费边社会主义者①、只能同甘不能共苦的假朋友、出柜佬、毫无信义之徒、搞色情表演的——”②

我们暂时中断副总统向全国大主教协会的讲话，为您带来下

① 费边社会主义是英国费边社所倡导的一种民主社会主义。1884 年成立于伦敦的费边社由少数具有社会理想的青年知识分子组成，重要的代表人物有萧伯纳、赫伯特·乔治·威尔斯等。他们以对抗汉尼拔的古罗马名将费边作为学社名称的来源，意即师法费边有名的渐进求胜的策略。费边主义者的基本信念是，由资本主义到社会主义的实现是一个渐进而必然的转变过程。他们看到英国民主宪政的扩展以及劳工组织的发达足以促成必要的社会改革，因此排斥马克思的阶级斗争与激烈革命的观点，主张研究社会实况，以民主渐进的温和手段通过选举投票来解决问题。他们希望以国家作为推动改革的工具，主张废止土地私有制、工业国有化，以及实现各种社会福利。

② 原文均为押头韵的单词。

面的快报。一群来自马萨诸塞州波士顿——即参议员爱德华·魅力的家乡——的童子军已经招供，是他们杀害了美国总统。联邦调查局拒绝在白宫宣布总统被杀害之前公布这些童子军的姓名。目前这些童子军被监禁了起来，不得保释。按照联邦调查局的说法，此案“已经搞定”。此前，据信凶器就是总统在他著名的《丹麦国里恐怕有些不可告人的坏事》讲话中在电视上展示过的那把刀子，但现在已经确认，凶器是一根路易维尔牌球棍，它曾是华盛顿参议员队的中外野手库尔特·弗勒德的财产。现在我们把镜头切换到“叫什么名字来着”副总统在大主教会议上的讲话。

“——大学浪荡子、同性恋、民谣歌手、同性恋、变态、同性恋、吃福利的寄生虫、同性恋、最喜欢用四个字母脏话的言论自由分子、同性恋——”①

我们现在把镜头切换到位于沃尔特·里德陆军医院现场的记者。

“女士们，先生们，我们刚刚从医院的极其可靠的来源获知

① 原文均为押头韵的单词。

这条噩耗。美国总统于今天凌晨被刺杀。死因是溺水。今天早上七时，有人发现了他的尸体。尸体全裸，被扭曲成胎儿的蜷曲状，置于一个大型透明塑料袋内。袋内灌满一种清澈液体，估计是水，袋口紧封。装有总统遗体的塑料袋的发现地点是医院产房所在的楼层。他原先在自己的房间内等待接受上唇手术。凶手是如何将他从房间带走，又如何强迫或诱骗他进入塑料袋，我们目前还不清楚。但毫无疑问的是，他被谋杀的手段与他四月三日在圣德莱门痴的颇具争议性的言论有直接联系。在那次讲话中，他坚定不移地支持‘未出世者的权利’。”

“目前，医院官员似乎认为，总统是自愿下床，与凶手一起前往产房的，或许是误以为有人要拍摄一张他和正在分娩的妇女的合影。在我们这些在华盛顿的人看来，最近的童子军叛乱，以及昨天对哥本哈根的核打击，似乎让他支持未出世者的运动失去了一些锋芒，他或许是想抓住这个偶然机会，重新激发公众对该运动的兴趣。毫无疑问，在成功摧毁哥本哈根和占领丹麦之后，他急于把精力重新投到他认为最紧迫的国内问题上来。有传言称，他计划在下一次主要讲话中用他新的双唇概括他对人类生命的神圣性——包括尚未出世的生命的神圣性——的信念。

“但如今，他再也不会用他引以为豪的新嘴唇发表关于人类生命神圣性的演说了。一个具有令人毛骨悚然的幽默感的残忍凶手阻止了他的新演说。相信未出世者权利的那个人已经死了，他的全裸尸体被扭曲成胎儿的蜷曲状，置于一个装满水的塑料袋内，放在沃尔特·里德医院产房所在的楼层地板上。我是罗杰·紧抓机遇，在沃尔特·里德陆军医院为您报道。”

现在我们快速回到白宫，听一听扯淡秘书发布的最新快报。

“女士们，先生们，关于总统的臀部，我有新的信息与大家分享，包括我先前承诺要给大家的 X 光片子。我身边这位身穿白色手术服、戴着手术手套和口罩的先生，或许是全世界左臀研究界的最高权威。医生，您能不能向新闻界的朋友们解释一下总统左臀的这张 X 光片子？我来帮您拿着片子，免得弄脏您的手套。”

“谢谢你，牛皮大王。女士们，先生们，我脑子里一丝一毫的疑问都没有。这是一个左臀。”

“谢谢您，医生。诸位有什么问题吗？”

“牛皮大王，沃尔特·里德陆军医院传来的消息是，总统已经遇刺身亡。浑身赤裸地被塞进一个塑料袋溺死了。”

“先生们，不要跑题。医生特地中断了一次医治左臀的手术，从明尼苏达飞过来，帮助大家证实这张 X 光片子。我们就不要浪费他的时间了，好吗？”

“医生，您能确定，这确实是总统的左臀吗？”

“当然可以确定了。”

“您为什么这么确定呢，先生?”

“因为扯淡秘书是这么说的啊。如果这不是总统的左臀，他为什么说是呢?”

（记者哄堂大笑）

“——牛虻一样讨人厌的家伙、艳舞女郎、阉马、长臂猿、没生殖腺的家伙、淋病菌携带者——”

我们中断副总统向全国彩色幻灯片促进会的演说，来连线一下我们在全国各地的记者。

首先是芝加哥的莫顿·意义重大：

“在风城芝加哥，人们目瞪口呆、完全不能置信。这座中西部大都市的居民如此惊愕，以至于完全不能对电台和电视播放的华盛顿传来的消息做出反应。从黄金海岸到贫民窟，从城北的时尚郊区到城南的肮脏棚户区，一切照常：人们过着普普通通的日常生活，似乎没有发生任何事情。甚至旗帜也没有下半旗，而是仍然在微风中高高飘扬，就像我们的领袖遭遇噩运的可怕消息传到这座万分哀恸的城市之前那样。滑头·E. 迪克松死了，这位为全世界的未出世者牺牲的殉道者，被残忍和诡异地谋杀了。这超过了芝加哥的精神或思想能够接受或理解的范围。因此，在这座伟大城市的各地，生活依然继续，观众朋友们从我背后的世界著名的卢普区①就能看得出。购物的人跑来跑去。交通的嘈杂一刻不停。各家餐厅生意火爆。街车和大巴挤满了人。是的，这是一座大城市在交通高峰时期的疯狂的、盲目的东奔西走。似乎芝加哥人民害怕从日常生活的常轨偏离哪怕是一秒钟，去直面那恐怖的悲剧。我是莫顿·意义重大，在瞠目结舌的芝加哥为您报道。”

我们现在为您连线洛杉矶的记者彼得·虔诚。

“如果说芝加哥人无比震惊，那么您可以想象，在滑头·E. 迪克松家乡所在的州，普通人的情绪是怎么样的。在芝加哥，人民无法做出任何反应；在这里，人们更加伤心欲绝。与我交谈过的加州人，或者我试着与之交谈的加州人，就像突然遭遇远远超过其感情反应能力的大悲剧的小孩子一样。他们得知滑头·E. 迪克松被塞进一个塑料袋时的反应只有咯咯傻笑。当然也有人说了世人皆知的那种加州式的俏皮话，但总的来讲，大家的反应还都是咯咯傻笑，就像困惑不解的小孩子那样。在傻笑的人们从高台跳水的板子纵身跃下或者开着赛车扬长而去之后，这笑声还萦绕在我的耳边。因为这是滑头·E. 迪克松的州，这些是滑头·

① 卢普区是芝加哥的传统中央商务区所在，为美国第二大中央商务区，仅次于纽约曼哈顿中城。

E. 迪克松的人民。在这里，他不仅是总统，还是朋友和邻居，是他们中的一员，是阳光、海滩和蔚蓝太平洋的茁壮孩子，代表着美国的黄金州的强健和辉煌。现在，黄金西部的金孩子已经远去了。加州人只能用傻笑来压抑自己的抽噎，隐藏自己的泪水。彼得·虎诚在洛杉矶为您报道。”

下面是艾克·讽刺，在纽约为您报道。

“从来没有人相信纽约市会有人爱戴滑头·E. 迪克松。是的，他曾在这里生活，就在时髦的第五大道上、我背后的这座公寓楼里。但很少会有人把他看作这座城市的居民。大部分人把他视为从华盛顿逃来的难民，在等待时机重返政坛。他于一九六九年就任总统时，纽约人似乎对他还没什么好印象。但他现在离世了，一瞬间，纽约人对他们从前的邻居的深情厚谊，或者说爱戴，突然间涌现出来。当然了，你必须非常了解纽约人，才能看透他们的玩世不恭的外表，看到他们内心深处的大爱。你必须仔细观察。但今天在纽约你能看得到：从一位公交车司机表面上的百无聊赖和冷淡无情；从一位女售货员的不耐烦；从一位出租车司机的无名火；从搭乘拥挤地铁回家的工人的疲惫；从包厘街边酒鬼痴呆呆的目光；从时髦上东城的一位年长的傲慢贵妇拒绝把狗带到人行道外的阴沟处排泄。你必须要仔细观察才看得出，但人民的确爱戴滑头·E. 迪克松……但他已经离去了，这些百无聊赖、冷淡无情、不耐烦、愤怒、疲惫、痴呆呆、傲慢的人还没来得及表达他们内心深处的强烈感情，他就离去了。是的，这的确很讽刺，也令人心酸：只有在他死在塑料袋里之后，纽约人才给予他这来之不易的爱。如果他还活着，这种爱对他的意义一定非常重大。这一天就是充满令人心酸的讽刺的日子。他曾在纽约市第五大道作为异乡陌客生活，死了之后却像迷途许久的回头浪子，得到了纽约人的接纳。艾克·讽刺在万分悲痛或许还满腹歉疚的第五大道为您报道。”

全国各地传来的报道都和你们刚刚听到的芝加哥、洛杉矶和纽约记者报道的情况相似。全国各地的人们都陷入极度的震惊，或者伤心欲绝，无法以普通的眼泪或忧伤的话语来迎接迪克松遇刺的消息。普通的忧伤泪水显然不足以表达他们此时此刻的心情，所以他们目前在假装没有发生任何事情，或者尴尬地、怀疑地傻笑，或者用粗野的外表来隐藏燃烧在他们心中的对离去的领袖的爱戴。

杀害总统的那个疯子呢？我们把镜头切换到华盛顿的联邦调查局总部。

“是的，我们相当确定，干这事的是个疯子。”

“那么童子军呢？还有那把刀子？还有路易维尔牌球棍？”

“哦，我们还不会排除任何确凿的证据。我现在说的是整个事情幕后的头脑。更准确地说，是没有头脑。你们看，这其实是我们的首要线索——其他都不说，这样对待总统真是够愚蠢的。总统还在那儿呢，他们就做出这么愚蠢的一桩事情来。如果这是在恶作剧，我可不感觉好笑。被塞进塑料袋的可不是什么普通人，而是美国总统。他的职位的尊严呢？如果你不尊重他这个人，起码要尊重他的职位吧。这一点最让我恼火。我的意思是，如果叫民主的敌人看到美国总统赤身裸体地蜷成那个样子，他们会怎么想？我来告诉你们，他们会怎么想：他们会喜出望外。他们就是喜欢用这种宣传来给人洗脑。”

“那么，您的意思是，凶手除了脑子发疯之外，还是民主的敌人？”

“我是这么想的。我还说了，他是个搞恶作剧的家伙。好在我们对所有敌视民主、喜欢搞恶作剧的疯子都记录在案，长期监视。所以，我认为，找到这个人、这个疯子，应当不成问题。即便我们找不到这个人，我们还有那些自行认罪的波士顿童子军作备胎，所以我说，咱们这一次的情况比上一次总统遇刺的时候好多了。现在只等白宫一声令下……”

“我们很荣幸地在演播室邀请到众议院最杰出的成员之一、共和党资深政治家和已故总统的密友。骗子议员，今天是我国历史的悲伤一页。”

“哦，我丝毫不怀疑，这个日子将会遗臭万年。我其实正在向国会提起一项法案，要求把这一天定为遗臭万年的日子，并在将来搞相应的纪念活动。就像联邦调查局的驴叫局长说的，这种行为是对总统职位的极大不尊重。凶手是个心里没有尊重的人。我也同意，他很可能还是个疯子。”

“白宫到这么晚了仍然拒绝证实总统遇刺的消息。议员，您说这是为什么呢？”

“我想，无须多言，这个问题是非常敏感的，所以他们必须要在整个事情上小心谨慎。我想，他们首先要测试一下国内公众的反应，然后当然还要考虑国际上的反应。一方面，我们的盟友依赖我们的支持；另一方面，我们的敌人总是在寻找我们的弱点。所以如果你把这些方面都牢记在脑子里，我想你一定会同意，长远来看，为了我们的正直形象和公信力，最好还是把整个事情都封锁起来。我想，白宫幕后此刻应当是在这么考虑。”

“第一夫人知道了吗？”

“当然咯。”

“她的反应如何？”

“嗯，最初她悲痛欲绝，这是可以理解的。但是，你们都知道的，她是个非常高雅的女人，哪怕在情绪非常激动的时候也是如此。因此，她的第一个反应是指出凶手的品位非常低劣。塑料袋就不说了，她认为，至少应当让总统穿着衬衫西服、戴着领带被刺杀，就像约翰·F. 魅力一样。她说，医院衣橱里就有一套刚干洗好的西服。凶手肯定是教养非常差，才不会懂得总统在任何时间都穿戴整齐得体是多么重要。她说，她必须对连这个都会忘记的人的教养提出质疑。她说，在没有了解所有情况之前，她不愿意责怪凶手的家庭；但她清楚地感到，凶手幼年的时候，家长对他的穿着打扮肯定是关注不够。”

“骗子议员，有人猜测说，凶手刺杀总统是为了报复昨天哥本哈根被毁灭。您有什么看法?”

“我没什么看法。”

“您能解释一下吗?”

“嗯，这根本就说不通。总统已经亲自上电视向美国人民解释了丹麦的局势，以及我们为什么需要摧毁哥本哈根。你知道，总统原本不需要上电视把这事告诉大家的，但他这么做了，因为他想让大家掌握所有事实。所以我想不出有什么可以责怪他的地方。而且，我必须说，值得赞扬的是，除了威斯康星州的少数老年人——当然了，他们是丹麦裔，所以肯定没法客观地看待这个问题——之外，除了少数用丹麦语骂脏话的不负责任的示威者之外，我国的绝大多数人民都以我们所期待的镇静与团结接受了哥本哈根被毁灭的事实。我就是无法想象，什么样的人，哪怕疯子也罢，会因为总统的这个稳健决策而刺杀他。总统消灭哥本哈根的决定得到了人民的授权，疯子也包括在内。”

“也得到了国会的授权吗?”

“当然了，你知道的，很不幸的是，有极少数众议员和参议员——我想你可以把他们称为‘一心想上头条新闻的人’。他们甚至会拿轰炸一个鸟不生蛋的小村庄的事情大肆渲染。这种地方在荒郊野岭、从来没有人听说过的什么十字路口，现在被轰炸了之后更不会有人听说了。我请你们自己设想一下，这样的政客会借对哥本哈根这样的地方实施核打击的事情闹出什么幺蛾子来。但我也要替他们说句话，就连他们，也不会因为对轰炸地点有分歧而无所顾忌地刺杀总统。我的意思是，人无完人嘛。一个总统要轰炸这个目标，另一个总统要轰炸那个目标。好在我们国家有一套政治体制，能够和平解决这种分歧，而不至于诉诸暗杀的手段。我想，总的来讲，判断的错误最终会自行得到纠正，我们一般都轰炸到了需要轰炸的地方。在我看来，在摧毁哥本哈根的问题上，即便最严厉批评总统的参议员也感到，如此重大的决定不可能是轻易地、专断地作出的。我想，真正负责任的国会议员一定会同意我，我们在斯堪的纳维亚如此强有力地展示了自己的力量之后，一定不会再像在东南亚那样陷入泥沼、停滞不前。”

“那么你认为《丹麦国里恐怕有些不可告人的坏事》演说和暗杀没有关联？”

“没有。坦率地说，我不相信总统是因为曾经作出的言行而被暗杀的，包括他支持未出世者和人类生命的神圣性的勇敢言论。这是一起野蛮、疯狂的谋杀。就像联邦调查局描述的那样，凶手是一个疯子；也像第一夫人指出的那样，是个教养极差的疯子。鄙人愚见，美国总统被赤身裸体地扭曲成胎儿的蜷曲状、塞进灌满水的塑料袋里，这事情也太荒诞、太粗野了。要在如此荒诞和粗野的事情背后寻找理性的政治动机，注定无功而返。这是一起凶残和缺乏尊重的谋杀，完全没有任何道理可言，只能激起全世界理智和有感情人士的义愤填膺。”

“——毛烘烘的，操之过急的，如果你明白我是什么意思的话，锤子镰刀的支持者、硬调色情作品制造者、享乐主义者、地狱天使、那些不愿自助所以上帝也不愿帮助的人、那些阴阳人、卖弄学问的家伙、劫持犯、希斯①们、同性恋、各种族的流氓、海洛因贩子、伪善的人……”

① 即上文提及的阿尔杰·希斯。

“是的，人们已经开始哀悼他，哀悼这个他们虽不熟悉但非常爱戴的人。他们乘火车来了，坐大巴来了，开车来了，坐飞机来了，坐轮椅来了，步行来了。有的人拄着拐杖来了，有的人戴着假肢来了。他们满怀勇气地来了，就像昔日的朝圣者，去祭拜这个他们虽不熟悉但非常爱戴的人。他英年早逝，被死神带走，终于在死后把我们都团结了起来，就像他曾经许诺过的那样。他把我们都团结了起来。因为他们都来了，普通百姓，他的人民，理发师和屠夫和经纪人和大声叫卖的商贩，大亨和动物标本剥制师和那些耕作土地的沉默寡言的大众。我敢说，这是那个英年早逝、被死神带走的人——呜呼哀哉——在世时没能看到的景象。在他身居人间的短暂春秋里，在他坐镇白宫的三年里，他们没有尊崇他，而是侮辱他；没有向他致敬，而是向他恶言百出，对他毫无敬意。但在今晚，聚集在与共和国同样古老的波多马克河岸的人、聚集在樱花树下的人、聚集在这座阴森森的宏伟肃穆城市的人，不是那些满嘴脏话、毫无敬意的流氓。如果不是一个教养极差的疯子在夜间用一个塑料袋残酷地夺走了他的生命的话，那个英年早逝的人为了祖国会甘愿献出自己的生命。历史上曾有过疯子，将来也还会有疯子，但我们的国家仍然屹立不倒。我敢说，我们的国家将永远巍然屹立，不管多少疯子走过这些权力的走廊、正义的厅堂、美德的密室、尊严的送菜升降机和理想主义的地窖，我们最终即便不会更强大，也会更睿智；即便不会更睿智，也会更强大；如果，呜呼，不是二者取其一，就是既强大又睿智。我是勃起·严酷脑袋，在首都向您播报一条极富说服力的新闻分析。”

“我是布拉德·矫揉造作。我现在是在华盛顿街头，我在这里看到的是一幅催人泪下的景象。自从在沃尔特·里德医院发现总统的尸体被塞进塑料袋的消息传来之后，这个伟大国家的人民，他的人民，从四面八方涌向首都。成千上万人站在白宫周围的街道上，低垂着头，显然非常惊惶失措。很多人在公共场合涕泗横流，其中还有不少成年人。这里有个人坐在路缘石上，两手抱着脑袋，安静地抽泣着。我来问问他，他是哪里人。”

“我是本地人，就是华盛顿人。”

“你坐在路缘石上安静地抽泣。你能告诉我们为什么要这样吗？你能解释一下吗？”

“因为内疚。”

“你的意思是，你本人感到内疚？”

“是的。”

“为什么？”

“因为是我干的。”

“是你干的？是你杀了总统？”

“是的。”

“噢，听着，这可是件大事，你告诉警察了吗？”

“我所有人都告诉了。警察。联邦调查局。我甚至尝试打电话给皮特·迪克松，想告诉她。但他们总是说，我在这种关头还能想到他们，真是太好了。迪克松夫人感谢我对她表示同情，说我这么做非常有教养。然后他们就把电话挂了。他们应该把我逮捕才对啊。我应当上报纸才对啊，报纸上应当有我的照片，还有大字标题‘杀害迪克松的凶手’。但没人相信我。你看，我花了几个月时间来筹划这事，都写在这些笔记本上了。这是我和朋友通电话的录音。再看看这个：有我本人签字的认罪书！我在写认罪书的时候，绝对不是被强迫的。我是躺在吊床上写的。我完全了解宪法赋予我的权利。事实上，那时我的律师就和我在一起。我们当时在喝酒。拿去，你读读看，我把杀人动机什么的全都写下来了。”

“先生，你的故事固然很有趣，但我们得走了。我们必须穿过这一大群人……这里有一位美丽的年轻女子，怀抱正在睡觉的婴儿。她站在人行道上，目光迷茫地注视着白宫。那迷离的目光中究竟隐藏了多少悲伤，只有老天知道。女士，你能不能告诉电视机前的观众朋友，你在眺望白宫的时候在想什么？”

“他死了。”

“你似乎很震惊的样子。”

“我知道。我原来也没想到，我真下得了手。”

“下得了手干什么？”

“杀人。谋杀。他说：‘我要把这一点讲得非常——’他还没把‘清楚’二字说出口，我就把他塞进塑料袋了。你应当看看我在转动塑料袋封口器的时候他脸上那副表情。”

“总统脸上那副表情，当你——”

“是的。我一辈子从未见过那样的大发雷霆。我从未见过那样的火冒三丈。然后他意识到我在透过塑料袋看他，突然间摆出了那副电视上的嘴脸，一本正经、很负责任的模样，然后他张开嘴，我猜他是想说‘清楚’，然后就是这样。我想，他以为整个过程都在电视上直播呢。”

“呃，你干那个的时候，孩子也在旁边吗？”

“哦，在的啊。当然了，她还小，不记得具体发生了什么事情。但我希望她长大之后能够说：‘我母亲谋杀迪克松的时候，我就在现场。’想想吧！我的小闺女长大之后，世界上再也不会有一个人说自己‘要把这一点讲得非常清楚！’或者‘咱们要认识到位！’或者‘我是个贵格会教徒，所以我这么憎恶战争……’再也不会了。不会了。不会了。不会了。是我干的。我真的干了。我告诉你，我现在还不敢相信呢。我把他淹死了。用的是冷水。我干的。”

“小伙子，我们来采访一下你吧。你刚才在白宫外面踱来踱去，好像丢了什么东西一样。你看上去有些糊涂和张皇。你能不能简单地告诉我们，你究竟在找什么？”

“找个条子。就是警察。”

“为什么？”

“我要自首。”

“我是布拉德·矫揉造作，在华盛顿街头为您报道。在这里，哀悼的人们聚集在一起，祈祷、哭泣、哀歌、希冀。下面请勃起·严酷脑袋来报道。”

“勃起，我们现在是在华盛顿纪念碑的顶端，和华盛顿警察局长在一起。镣铐局长，您估计下面现在有多少人？”

“就目前的话，就足有大概两万五千人到三万人；白宫那边估计有这个数字的两倍。当然了，每个钟头都有更多人涌过来。”

“您能描述一下这些人吗？是你们在华盛顿看惯了的那种普通示威者吗？”

“噢，不是的。这些人不是来捣蛋的。我可以说，他们在竭尽全力地和政府合作。至少目前是这样。”

“目前是这样，这是什么意思？”

“嗯，我们目前还没有需要逮捕任何人。白宫发布的命令是，任何情况下都不得逮捕任何人。你可以想象得到，这对我的部下造成了很大压力，因为下面几乎每个人到这来都是为了让警察逮捕自己。我的意思是，我可从来没见过这种事情。很多人跪倒在地，哀求警察把他们抓进去。他们几乎个个都有文件、照片或者指纹能证明自己是杀害总统的凶手。当然了，那些货色都一文不值。有些所谓的证据简直荒唐可笑，搞得非常不专业，显然是在很短时间内胡乱拼凑出来的。但不管怎么说，你必须得认可他们的不屈不挠。他们拉住我的部下不放，就好像他们真的掌握了什么铁证似的，还自己带了手铐来，把自己和警察铐在一起，希望这样就能被投进班房。只要有一辆警车停下，马上就有六七个人跳到后座上，大呼小叫：‘带我去见J. 埃德加·驴叫先生，别磨蹭！’我们必须按规矩办事，所以不能逮捕任何人，但我们怎么向这么一大群人解释呢。于是我们尽可能哄住他们。那些死也不肯走的人，我们就叫他们待在原地不动，等着我们待会儿来抓他们。我们希望今夜最好能下一场大雷雨，这事情就能算完了。或许他们在雨里淋了一阵子之后就能意识到，不管他们拿出什么样的证据，都不会有人逮捕他们的，他们也许就自己回家了。”

“但是，镣铐局长，但是如果不下雨呢？如果明天早上他们还堵塞着街道呢？那些要去政府办公室上班的工作人员怎么办？”

“噢，那他们就得忍受一点不方便了。我可不会仅仅为了让某些人能赶上办公室的早晨茶歇，就让我的部下蒙受非法逮捕的冤屈。而且白宫是下了命令的。”

“那么，您认为这里所有的人、每一个人都是清白无辜的？”

“那还用说。如果他们真有罪的话，肯定就会拒捕了。他们会逃跑什么的。他们会大呼小叫地要见律师、要捍卫自己的权利。我的意思是，也就是从这些迹象才能看出他们有罪嘛。但这些人却说：‘是我干的。把我抓进去吧。’什么样的执法官员会因为这种信口雌黄就抓人呢？”

“我是布拉德·娇揉造作。白宫大门外的宾夕法尼亚大道上爆发了冲突。不少于三万名哀悼者聚集于此，送别他们与世长辞的领袖。就在警察局长镣铐赞扬这些人遵纪守法的时候，十五名身着商务套装的男子展开了一场混战。虽然需要警察出面干预，但警方没有逮捕任何人。我身边这位先生就是刚才暴力冲突的参与者之一，他看上去还是非常不爽的样子。先生，冲突是怎么开始的呢？”

“喏，我刚才就是站在这儿，忙自己的事情，就是向一名警官认罪，因为我谋杀了总统。就在这时，这个花里胡哨的家伙坐着豪华轿车来了，他纽扣孔里还插着朵花。他就这么硬插到我和警官之间，说是他干的。然后他的司机也下了车，开始对我推推搡搡，叫我闭嘴，让他的老板说话，真的是他老板干的，他老板是个大忙人，诸如此类；还说，我以为我是谁啊，这么趾高气扬。然后来了个黑人，你知道我对黑人没什么意见，但这家伙也太嚣张了，说我们两个人都是惹是生非，分明是他干的。司机叫他到后面排队，轮到他的时候再来。就这么打起架来啦，然后一瞬间就有十五个人互相拳打脚踢，都说是自己干的。我可不是开玩笑啊，要不是那个警官在的话，肯定会有人伤筋动骨。那样可就惨啦。”

“那么，你对警方完全是赞扬的态度？”

“嗯，是的，但也得有个限度吧。我的意思是，他很麻利地把打群架的人驱散了，但事情完结之后，他还是不肯逮捕任何人。他把我们分开之后，自己就没了踪影，就跟独行侠①似的。怎么也找不到他了。其他一些人也想找他。你看，我们都供认不

---

① 独行侠是美国大众文化中的一个传奇式英雄人物，是很多小说、广播剧、电影和漫画的主人公。独行侠是一名戴着面具的游侠（类似佐罗），他原本是得克萨斯州骑警，在追捕一伙不法之徒时险些送命，在印第安人汤托的治疗和照顾下逐渐康复，并从此戴上面具、骑着白马和汤托一起在西部旷野惩恶扬善、除暴安良。

讳了，还给了这么多铁证什么的，你猜他倒是怎么着啦？他一边跑，一边把证据全都撕了。好在我已经让秘书在办公室帮我复印了一份，所以我家里还有备份。但好多人太蠢了，把唯一一份认罪书给了他。这次群殴的唯一好处是，说不定警方看到我们十五个人在人行道上厮打成一团，会以为我们是密谋集团，把我们全都抓进去。当然，我们得先找个条子才行。但是你需要找警察的时候，就连一个便衣警察都找不到。对了，你们电视台什么的，有没有授权你可以抓人啊？”

“——他们继续如潮水般涌来。他们把来华盛顿的原因告诉了我们。他们这次来，与来华盛顿哀悼魅力总统时不一样。他们这次来，与过去到亚特兰大追随马丁·路德·金的灵柩时也不一样。他们这次来，与到铁路边送别运载被害的罗伯特·魅力遗体前往安息之地的哀伤火车那次也不一样。今夜来到华盛顿的人们，不是像失去父亲的幼童一般带着无知和惶恐。他们是带着满腹歉疚来的，他们是来认罪悔过的，他们是来向警察和联邦调查局自首的：‘我也是有罪的。’这是一幅深刻而动人心弦的景象，它证明了，我们的国家已经成熟，证据就明摆在这里。因为，无论对个人还是国家，成熟意味着什么？不就是甘愿挑起责任的重担、背负起责任的尊严吗？这样的国家一定是负责任的，一定是成熟的，因为在最黑暗的时刻，它能够深刻地审视自己苦痛的、悲伤的啦啦啦啦啦啦啦所有人的罪孽。当然了，总会有人寻找替罪羊，这样的人总是会有的，因为人性还远远谈不上尽善尽美。总会有人自以为是地站出来叫嚷：'不是我，不是我。'因为在他们看来，他们无罪，向来都是无罪。有罪的总是其他人：邦迪①和基辛格、邦妮和克莱德②、卡利③和卡彭④、曼森和麦克纳马拉⑤。他们要抓的替罪羊的名单是无穷无尽的。他们就是要用这些人去抵自己犯下的罪孽。就是这一点，让华盛顿的这次集体罪责的游行示威如此地啦啦啦啦啦啦啦啦。精神的啦啦，我们的儿子们为之献身的啦啦啦啦啦啦，啦啦啦啦啦理智和尊严啦啦啦啦尊严和理智。不，不要怪罪那些聚集在华盛顿、忏悔谋

---

① 麦乔治·邦迪（1919—1996），曾任约翰·菲·肯尼迪和林登·贝·约翰逊两位总统的国家安全顾问。邦迪在很大程度上影响了美国当时的外交和国防政策，推动了美国参加越南战争。

② 邦妮·派克（1910—1934）和克莱德·巴罗（1909—1934），美国历史上有名的鸳鸯大盗，20世纪30年代在美国中部犯下多起抢劫案，克莱德杀害了至少九名警察。1934年5月23日，两人被警方设伏击毙。这两人的传奇故事成为很多电影和文艺作品的主题。

③ 即上文提到的威廉·卡利中尉，越南美莱村大屠杀的罪犯。

④ 艾尔·卡彭（1899—1947），美国历史上著名的黑社会老大，是20世纪20年代芝加哥黑帮的领导者。卡彭虽是黑道罪犯，但在某种程度上却扮演扶弱济贫的角色，再加上他足智多谋，至今仍是另类美国梦的象征，部分传记作家甚至认为他是"1920年代芝加哥地下市长""美国黑道头号人物"及"史上最令人感兴趣的罪犯"。

⑤ 罗伯特·麦克纳马拉（1916—2009），美国商人及政治家，曾任国防部部长（1961—1968，为美国史上任期最久的国防部部长）和世界银行行长（1968—1981）。

杀总统罪行的人。请赞扬他们的勇气，他们的啦啦啦啦啦啦，他们的啦，还有他们的啦啦啦，与你和我一样的啦啦啦啦。我们都是有罪的。冒着啦啦啦啦啦啦啦啦啦啦的风险，遗忘。我是勃起·严酷脑袋，在啦啦为您报道。”

“——受虐狂、吸毒鬼、自认为是多数派的少数派、调戏女性的流氓、自撸的家伙、精神病人、愤世嫉俗的家伙、长不大的娃娃、无事生非的家伙、胆小如鼠的懦夫……”

“先生们，由于全国人民对华盛顿局势越来越关注，我们决定把计划提前实施，向诸位公开总统另一侧臀部的 X 光片子。我们希望通过公开总统两侧臀部的 X 光片子，并且是在左臀公开的几个小时后就公开了右臀，能够澄清关于整个局势的若干误解。”

“牛皮大王，你说的‘局势’是指刺杀案吗？”

“在现在这样的时期，我不确定可以使用煽动性那么强的词。为了准确起见，我还是坚持使用‘局势’这个词，尽管这个词不能哗众取宠，不能让报纸销量猛增。”

“换句话说，你现在已经承认，目前的确是有种‘局势’了。”

“我们从来都没有否认过这一点。”

“葬礼的情况如何呢，牛皮大王?”

“我们先处理好当前的局势，再去考虑葬礼吧。还有其他问题吗?”

“总统的遗体目前在哪里?”

“正非常舒适地躺着。”

“是在塑料袋内非常舒适地躺着，还是在塑料袋外?”

“先生们，不要得寸进尺呀。他现在非常舒适地躺着，这才是最重要的。”

“会把他的遗体放在塑料袋内下葬吗，牛皮大王? 有人说，第一夫人已经决定，考虑到他献身于未出世者权利的精神，把他的遗体放在塑料袋内下葬是很合适和恰当的。就像马丁·路德·金的遗体用骡子拖运一样。”

“第一夫人的决定肯定是品位高雅的。”

“牛皮大王，‘叫什么名字来着’先生怎么样了呢? 他还在讲台上坚持说总统根本没有死、这全都是一派胡言。你知道他这是什么意思吗?”

“无可奉告。”

“牛皮大王，有人说，副总统在演讲的间隔已经秘密地宣誓就职，他现在已经是总统了。这是真的吗?”

“我们怎么会那样搞呢？绝对不会的。”

“总统先生，您可不可以告诉我们，为什么在您到处宣称迪克松总统遇刺的消息是我们国家的敌人炮制的谎言的同时，您已经在演讲的间隔秘密地宣誓就职、就任总统了呢？”

“我想，这个问题是不言自明的，先生们。群龙不可无首，国不可一日无君。当然了，总有一小撮藏着不可告人目的的家伙希望不是这样，但只要我这个总统还能睚眦必报，就绝不会允许这些小人得逞。”①

“‘叫什么名字来着’总统，现在流传着这样一种丑陋的传言，说您之所以否认迪克松总统遇刺的消息，是因为您担心大家会怀疑您。您对这个丑陋的传言有什么话要说？”

“是的，我是有话要说的，我准备说出来，好让我对此事的看法昭然天下，让大家将来没有任何疑问。”

“先生，既然我们已经谈到丑陋的传言，那么还有一个这样的传言：您之所以在知道总统已死的情况下仍然坚持说他还活着，是因为您害怕，如果您公开宣布自己打算接任总统的

① 从这里开始，“叫什么名字来着”总统的讲话充满了佶屈聱牙、晦涩难懂的头韵词语，很多词都是罗斯生造的，完全没有意义。中文只能表达出大意。罗斯这么写，旨在讽刺政客言论的空洞无物、大放厥词。下文甚至直接用“啦啦啦”来代替副总统的讲话。

话，内阁会发动政变，或者群众会发动武装叛乱。您对这个传言有什么看法？您是不是担心他们会因为您不合格而不准您当总统？”

“我没有一丝一毫的害怕。我当时的感觉是，天将降大任于斯人也。”

“先生，迪克松夫人决定将总统的遗体放在塑料袋内安葬在普雷西厄。您对这个决定怎么看？她征询了您的意见了吗，如果有的话，这是否意味着，您的政府将会像上届政府一样，致力于捍卫未出世者的权利，以及人类生命的神圣性之类？”

“嗯，当然了，不仅是我，还有不计其数的人。”

“那么，国家的啦啦啦啦已经通过。啦啦啦啦啦啦啦终结了，共和国啦啦啦啦啦理智啦啦啦啦。我们的啦啦啦啦啦啦啦啦啦很沉重，走廊啦啦啦他曾爱过的。还有樱花。啦啦啦啦啦。啦啦啦。啦啦啦啦啦，免得我们啦啦啦啦啦我们的文明。那将是我们无法承担的。啦啦啦啦啦恢复常态啦啦啦啦。啦啦啦啦啦啦啦啦啦。美国的啦啦啦啦，从最谦卑的公民到啦啦啦啦。啦啦一七七六年啦啦？啦啦。啦啦一八一二年啦啦啦？啦啦。啦啦一九〇四年至一九〇七年？啦！啦啦啦啦啦啦啦理智和尊严。啦啦啦啦理智。啦啦啦啦啦尊严。啦啦啦啦啦啦实现美国啦啦啦啦啦啦。啦啦啦一百年前。加利利的啦啦啦啦。但那些放弃希望的人啦啦啦啦啦。啦啦啦啦樱花。他之前的啦啦啦啦啦啦啦啦啦啦。啦啦啦共和国。啦啦啦人民。啦啦啦啦啦首都。”

塑料袋前的悼词

（比利·纸杯蛋糕牧师在全国电视的直播）

今天，我请大家和我一起，把手中的词典翻到第八五三页。我们的悼词来自字母L的部分，也就是字母表中的第十二个字母，我们选择的词语是这一页左栏第五个词，就在“铅”的下面。我们选择的词语是“领袖”。诺亚·韦伯斯特是如何定义“领袖”的呢？

诺亚写道：“领袖是领导他人的人。”领导他人的人。领导他人的人。

就在前天，我在一本流行杂志上读到一篇文章，是史上最伟大的哲学家之一写的。他写道：“领袖是人类最高的需求之一。”在最近一次盖洛普民意调查中，我们也读到了，为什么百分之九十八的美国人相信领袖。去年夏天我在一个欧洲国家，当地最优秀的青年之一告诉我，他们国家的青少年最想要的就是领袖。林肯总统在被暗杀之前也说过这样的话。牛顿，伊萨克·牛顿爵士，就是那位伟大的科学家，在世的时候也说过这样的话。

诺亚告诉我们，领袖是领导他人的人，这只是这个词的普通涵义。但躺在我们面前的塑料袋里的人，难道只是普通意义上的领袖吗？我想，他不是的。让我来告诉你们为什么。今天早上，我和一位当精神病医生的朋友谈了话，他说："他不是一位普通的领袖。"我的另一位朋友，一位杰出的医生，他在我们的一家优秀的医院做心脏移植手术，他在给我的信中也说了这样的话："他不是普通意义上的领袖。"

你们会问，既然他不是普通意义上的领袖，那他是什么呢？他是非同寻常意义上的领袖，我再重复一遍，他是非同寻常意义上的领袖。

那么，非同寻常意义上的领袖，这是什么意思呢？好在诺亚给"非同寻常"这个词也作了定义。就在你们手中词典的第四二八页，右栏，第六个词，就在"题外话"下面。诺亚告诉我们，"非同寻常"的意思是，"非凡的；超出一般或平常的"。非凡的。超出一般或平常的。

这又是什么意思？就在上上周，我在家里订阅的一份澳大利亚报纸上读到一个故事，说那边有个人上了新闻。他为什么能上新闻呢？为什么成千上万英里之外的我都知道他了呢？因为他在某些方面很非同寻常。他是稀有之人。他就是他自己，不是别人。就是他自己，不是别人。

诺亚是如何定义"他自己"的呢？诺亚说，"他自己"是

“他”的强调形式。是“他”的强调形式。我们今天聚集在他身边的这位躺在塑料袋里的领袖的非同寻常之处是这样的。他是强调形式的他自己，不是别人。

你们懂的。我来重复一遍。你们知道，我参加过世界各地很多普通领袖的葬礼，你们借助电视这个奇迹，也看过很多这样的葬礼。我们都知道在这种悲伤的场合要说哪些神奇的话语。但我想，我只需要重复一下人们对普通权贵的悼词，你们就会看出，我们与世长辞的亲爱的总统他自己是多么非同寻常。你们记得的，诺亚告诉我们，“他自己”是“他”的强调形式。

我做这个比较，并不是要贬低我们的伟大地球的普通领袖们。就在三周前的星期四，我读了一个过激青年写给女友的信，他大肆贬低、讥讽和嘲笑世界上的领袖们。他可以嘲笑。你们知道，他们曾嘲笑耶利米①。他们笑得可厉害了。他们曾嘲笑阿摩司②。他们曾嘲笑使徒们。在我们的时代，他们曾嘲笑马克斯兄

① 耶利米（约前650？—前570？），希伯来先知和改革者，《旧约·耶利米书》的作者。耶利米准确预言了犹大国将会被巴比伦灭亡。耶利米最重要的预言是上帝将要与以色列人订立新约。他被称作“流泪的先知”，因为他明知犹大国远离上帝后所注定的悲惨命运，但无法改变人们顽梗的心。

② 阿摩司，最早的希伯来先知，为十二位小先知中的一位，活动时期约在公元前8世纪。据《旧约·阿摩司书》记载，他出生于犹大王国，后来旅行到更富有、更强大的以色列王国，去宣讲神将毁灭该地的幻象和以下的信息：上帝是人类的绝对主宰，即使上帝的选民也不能例外，都要遵守道德秩序。他预言北部以色列王国即将灭亡，提前发布了后来《旧约》先知们的预言。

弟[1]。他们曾嘲笑里茨兄弟[2]。他们曾嘲笑三个臭皮匠[3]。但这些人成了顶级的艺人，赢得了数百万人的爱戴和喜爱。总会有人嘲笑和讥讽别人。你们知道，过去的自动点唱机里有首超级流行的曲子，叫做《我表面上笑，内心里哭》。上上个星期天，我在一本新闻杂志里读到一位顶级心理学家写的分析文章，说那些表面上笑的人当中有百分之八十五——百分之八十五！——内心里在哭，因为他们的个人生活很不幸。

我做这个比较，并不是要贬低世界上的普通领袖们。我只是想向你们展示曾在我们当中身穿商务套装行走了一个短暂时期、随后离我们而去的那个人的非同寻常的领袖特质。就在昨天上午十点，我在一家高档酒店的电梯里偶然听到一位女士对一个年轻人说："历史上从来没有过第二个他这样的人，将来也永远不会再有。"

嗯，让我重复一遍。嗯，当一位普通领袖去世时，我说的"普通"意思和诺亚在词典第八五三页的解释是一样的，就是第一栏的最下面一个词："通常的"或"通常遇见的"。当一位普通

---

① 马克斯兄弟，20 世纪上半叶在美国活跃的知名喜剧演员组合。他们五人是亲兄弟，常出演歌舞剧、舞台剧、电视、电影。

② 里茨兄弟，1925 年到 20 世纪 60 年代在美国活跃的喜剧演员组合，兄弟三人为演员，另一兄弟是他们的经理人。

③ 三个臭皮匠（The Three Stooges），美国 20 世纪早期到中期的著名歌舞杂耍和喜剧演员组合，以滑稽闹剧闻名。

领袖去世时，总会有很多言辞来送别他。但是，当一位非同寻常的领袖，一位是他自己、而不是别人的领袖去世时，我们该说些什么？

我们来做一个科学实验。科学并不能解答所有问题，我的很多科学界朋友一直都是这么说的。例如，科学还无法解释生命是什么。你们知道吗，最近一次盖洛普民意测验显示，当今相信人死后还有生命的美国人比二十年前多了百分之五？科学并不能解答所有的问题，但给我们带来了很多了不起的大突破。

我们来试试这个科学实验。让我们用通常描述普通人的言辞来描述这个非同一般的人。你们看，这些言辞用在躺在塑料袋里的这位伟人身上，是不是听起来很空洞、很虚假？这次实验结束了之后，你们肯定要对我说："天哪，比利，你说得对，这些言辞根本不能描述他。这些言辞只能描述一个领导他人的人，而无法描摹一个突出的是他自己、而非别人的人。"

现在我要请大家低下头。请大家低下头，闭上眼睛，静静地聆听。

当一位普通领袖去世后，人们会赞扬他，说他是一个眼界开阔的人；

或者，他是一个激情满怀的人；

或者，他是一个信仰坚定的人；

或者，他是人权的捍卫者；

或者，他是人性的战士；

或者，他学富五车、雄辩睿智；

或者，他生性质朴、热爱和平、勇敢而善良；

或者，他代表了人民的理想；

或者，他激发了整整一代人的想象力。

当一位普通领袖去世后，人们会说，这是他的国家和全世界的不可估量的损失。

当一位普通领袖去世后，人们会说，他曾在人间走过一遭，所以世界更美好。

我还要继续说下去吗？某流行杂志上个月那一期有篇文章，是个研究人类行为的权威教授写的，他说，演讲者能够判断出听众是否同意他的观点。嗯，这位教授是正确的。因为我知道，你们都在对自己说："哎呀，比利，你说的可对了。我一直在听着，看这些词能不能描述躺在塑料袋里的这个人，但一个合适的词也没找到。因为这些词都只能概括一位普通领袖的形象，而不能描述我们失去的这位非同寻常的领袖。"

那么，什么样的词语或言辞能够描述这个非同寻常的人呢？一年前的七月，我在一个非洲国家，我听到当地的一位顶尖的政治专家称他为"美国总统"。美国总统。在另一个非洲国家，我听到一个小姑娘说他是“自由世界的领袖”。自由世界的领袖。我还有一位律师朋友，也是一位著名的法官，他住在南美，不久前给我写了一封信，说了些有意思的话。他说，他在布宜诺斯艾利斯一家高档酒店的电梯里听到有人将他称为“美国武装力量最高统帅”。武装力量最高统帅。

但是，在他的同胞心目中，他就是以这样的形象出现的吗？或许对于世界其他地区而言，他就是这样的形象。但对我们这些熟悉他的人来说，再庄严的、再正式的词语都不足以描摹他的伟大以及我们对他的景仰。因为，对我们来说，他不是普通意义上的领袖，而是非同寻常意义上的领袖。正因为此，我们这些熟悉他的人对他的称呼朴实无华、轻松随意，就像你们给自己的宠物取的名字一样，这个名字非常有家的温馨，非常亲昵，可以用来称呼小狗。

我再次请大家低下头。请大家低下头，闭上眼睛，让我们来分享对他的名字的回忆。我们这些最熟悉他的人就是用这个名字称呼他的，我们在心中用这个名字呼唤他，尽管他还穿着商务套装在人世间行走的时候，我们太羞怯，不敢说出这个名字。这个名字完全可以用来给小狗命名，这是多么贴切呵，因为我们都记得他是多么爱狗。

这个名字很简单，我的朋友们。这个名字就是滑头。是的，对你，对我，对未来一代代美国人来说，他过去是滑头，将来也永远是滑头。

现在请大家低下头，闭上眼睛，一起祈祷。哦，上帝，只有你，在惩罚世人时永远宽大为怀，我们谦卑地求你保佑你的仆人，叫做滑头的人……

六　卷土重来或滑头在地狱

我的地狱同胞们：

首先，我要说的是，对于撒旦今晚开场陈述的大部分内容，我都深表赞同。我知道，撒旦和我一样，对于在人世间如何大力推行邪恶精神，有着深切的感受。请大家一定要清楚地认识到：我们正在经历的，是一场与正义王国的你死我活的较量。我没有丝毫疑问，和平的上帝，正如他自己所说的那样，要把我们“践踏在脚下”，他和他那一伙天使为了达成这个目标，会无所不用其极。撒旦刚才说，我们的目标不仅是自己保持邪恶，还要将邪恶传播到所有造物中，因为那是地狱的命运。对这句话，我举双手赞成。我们要将邪恶传播到所有造物中去，因为正义一方的目标不只是守住现有的阵地，还要扩张正义的疆域。但仅仅靠守住现有阵线，我们是不可能打败正义一方的。所以我和撒旦的分歧不在于地狱的目标是什么，而在于达成这些目标的手段。

撒旦说，在这场与正义一方的较量中，我们目前占了上风。对于他对形势的这种评估，我恕难苟同。纵观今日的地狱，我相信，我们遵循的是一套过时的领袖方针。我相信，我们遵循的很多方针在过去不曾奏效过，在将来也不会奏效。我要说，在撒旦这届政府的领导下失败了的这套方针和领导原则，不是地狱目前需要的方针和领导原则。我要说，被诅咒者和注定毁灭者不愿意重新回到伊甸园政策的老路上去。我要说，桀骜不驯的儿女应当有一个彻底堕落的魔鬼来领导他们，一个不仅全身心致力于老式和老套的邪恶之举，而且能够主持大胆的新计划的魔鬼。这新计划将掀翻上帝的国，将人类拖入永恒的死亡。我们这里需要的不仅仅是崇高的理想。我们需要的是狡黠的诡计和不知疲倦的热情。我相信，在行政领导的领域，魔鬼不仅要定下基调，还要身先士卒；他必须言出必行。

坦率地说，我不认为我们目前拥有的领导达到了这样的水准。自我下地狱以来，我奔走到了外围黑暗的最边缘。我去了无底深渊的最底层。我在永不熄灭的烈火中煎熬，和你们一道，待在毫无慰藉的黑暗中。我和各行各业的罪人促膝长谈。我和堕落者一起吃饭，和不虔诚的人一起亵渎神明。我紧盯着道德败坏和恶毒之人的眼睛。我学习了解形形色色的恶毒和低贱。我在地狱各处旅行的过程中注意到一件事情，那就是：我们的人民对邪恶的神奇信仰。我很自豪地告诉你们，我从未见过在腐败程度上足以与吾辈匹敌的东西。正因为此，我相信，我们不必安于现状。我想，我们不需要苟且、凑合，我们有权要求得到一个集邪恶之大成的魔鬼。我谦卑地向你们——宇宙中最伟大的邪恶区域的居民——承诺，一旦当选，我会当好那样的魔鬼。

在地狱漫游途中，我幸运地听到了许多哭泣声和咯吱咬牙的声音。我想，我得到的最深刻印象是这样的：你们这些堕落的灵魂和我一样，对魔鬼被贬抑降级、地狱被轻蔑地认为是“老套”和“过时”，感到非常不满和腻烦。嗯，或许对某些圈子来说，它是“老套”了，但对居住在这里的我们来说，地狱是我们的家园。地狱可以一直追溯到时间的开端，历史上很多最优秀的名人都曾在这里居住。我认为，有鉴于这样的光辉历史和纪录，现在让地狱卷土重来的时刻到了，让魔鬼得到应有地位的时刻到了。

在这方面，我只能说，现在生活在地上的人当中至少有一半——我对这个很清楚，因为我刚从那里过来——至少有一半人不相信地狱存在，更不要说相信它对世界局势有影响了。撒旦也许对这样的现状能够满足。魔鬼是冥界的最高职位，一度在千百万人心目中是穷凶极恶的代名词，如今在天堂眼中却对人类的决策毫无影响力。撒旦也许对这样的现状能够满足。世界上至少有三分之二的小孩在上床睡觉的时候丝毫不畏惧地狱之火和硫黄，也不怕被不死的恶虫啮咬心脏。撒旦也许对这样的现状能够满足。顺便说一下，现在孩子们连干草叉都不怕了。撒旦也许认为这没什么大不了的。但是，我要阐明自己的立场。我对这现状不满足。或许撒旦安于现状，但是我不满意。我说，现如今地狱只不过是绝大多数活人口中的一句脏话而已，这很不对头，我们必须采取措施才行。

我们过去经常听到的“魔鬼的罗网”现在怎么样啦？我的地狱同胞们，它现在满是漏洞。

过去经常让人心惊胆寒的“魔鬼的力量”现在怎么样啦？我的地狱同胞们，它已经有气无力。

还有，你们上一次听到“撒旦造的孽”这句话是什么时候？你们还记得吗？这或许是因为，撒旦执政的这几千年来一直不思进取。

但我和他不一样。我要说，魔鬼要一直造孽下去，永不停歇。我要说，他有责任到活人当中去，与正义力量大战一场。我要说，他对地狱居民负有责任，对全宇宙中有志于邪恶的所有灵魂负有责任，要以虚妄对抗真理。我要说，他有责任以黑暗遮蔽光明。我要说，他有责任诱骗人类走上歧途。我要说，他有责任煽动仇恨。我要说，他有责任掀起冲突和战争。我要说，任何没有做到这些的魔鬼都不配“黑暗之君”的头衔，都严重地损害了地狱的权力和威望，损害了全宇宙的邪恶力量的安全。

你们或许会这样回答："说得好听，总统先生，但你有什么资质，能够当一个负责任的魔鬼呢?"

和你们一样，我深知，我的对手有丰富的执政经验。我知道，我们在天堂的敌人满不情愿地赞扬了他。他们说："当撒旦撒谎的时候，他是按照自己的天性说话，因为他是个骗子，是谎言之父。"请大家明确地认识我在这个问题上的立场：我对他长期撒谎骗人的优秀纪录非常尊重。我知道，我和你们当中很多在烈火中翻滚、在深渊中煎熬的灵魂一样，要对他在撒谎这方面的不屈不挠精神深深地感激。

请允许我说一下我个人的情况，你们知道，我出生在加利福尼亚，生来就是个机会主义者，在我多年的公共生活中，我得到了很多机会和其他机会主义者打交道。我可以代表所有机会主义者说，自上古以来，无论是好光景还是坏年月，撒旦一直是我们所有机会主义者的灵感源泉。当然了，在这次竞选中，我希望大家都明白，我不仅尊重他撒起谎来的不屈不挠，还敬仰他撒谎时的真诚。当然了，我希望他能够认同，我在撒谎的时候的真诚程度不输于他。

但这一点我要讲得一清二楚。尽管我非常尊重和仰慕他的谎言，但我认为，光有谎言还不够。我认为，谎言只是基础。我相信，不管是谁，人类也罢，恶魔也罢，都不能依赖过去撒下的谎言——不管这谎言在当时是多么勇敢和大胆——来歪曲今天的现实。我们生活的时代是一个充满了快速和戏剧性变化的时代。我自己的经验告诉我，昨天的谎言搞不乱今天的问题。去年误导人民的手段不能用在今年。更不要说一百万年前的伎俩了。正因为此，尽管我非常尊重对手的老资格，我还是要说，地狱需要一个新政府，新的角[①]、新的半真半假、新的恐怖和新的虚伪。我要说，我们需要对邪恶的新承诺、新策略和新办法，来实现我们的梦想：一个彻底堕落的世界。

你们当中有人说，从我担任美国总统的记录来看，在让所有人——无论其种族、信仰或肤色——受苦受难这方面，我的表现不佳。我要对这些批评者说句话。我要提醒他们，我担任那个高位不到一届，就被刺杀了。我想，就连得到群魔支持的撒旦也不敢自夸，能够在区区一千天内，将一个拥有强有力的民主传统和全世界最高生活水平的国家拖到毁灭的边缘。事实上，尽管我在“白宫”任职时间不长，我坚信自己能够维持和实践我就职时美国已有的五花八门的邪恶之事。另外，我可以坦然地告诉大家，

① 传说中魔鬼头上有角。

我为新的压迫和不公奠定了基础，在不同种族、不同辈分、不同社会阶层之间播撒下了苦痛和仇恨的种子，应该能够让美国人民在未来岁月里尝尽苦头。我当然没有做任何努力去减小核灾难发生的概率，而是在全球维持好战、侵略和颠覆的政策，继续往核灾难的方向前进。我想，我可以特别自豪地指出，在我的努力下，我们的伟大地狱世界的睚眦必报、一心复仇的灵魂们渴望向全人类施加的那种苦难，在东南亚有了极大的增长。

当然了，我并不是说，我国给越南人、老挝人和柬埔寨人带来的破坏和灾难完全是我一个人的功劳。事实上，我相信，在将来的岁月里，你们会有幸见到很多和我一样有功的人士。他们和我一样，以极大的奉献和自我牺牲精神日夜操劳，为的就是让生活在那些地区的亚洲人的生活化为噩梦。我知道，他们下了地狱之后，一定会为地狱立下汗马功劳。如果我当选魔鬼，一定会毫不犹豫地善加利用他们的辅佐和建议，就像我在人间时那样。

尽管我并非我国在东南亚启动的伟大的制造苦难工程的唯一作者、领袖和建筑师，但我可以这么说：当我得到执掌此项工程的机会时，我没有固守我的几位前任的血腥屠杀的成规。因为我和你们一样知道，在屠杀这事上，墨守成规是要不得的。我们不能固步自封，因为正如我先前说到的，我们处于一场竞赛中。我们不能畏手畏脚，因为在我们在全球展开的这场冲突中最关键的是，不仅要固守自己的阵地，不仅要让我们自己人蒙受苦难，还要将苦难传播到全世界每一个男人、女人和小孩身上。我相信，如果你们看看历史记录，就会看到，我在东南亚就取得了这样的成就。我想，你们应当会同意，在我任职的短暂时期内，我抓住了前任给我的机遇，在美国空军的帮助下，将东南亚化为人间地狱。

我认识到，尽管我在东南亚有这样的优秀成绩，你们当中还有些人会指出，我在当美国总统的时期曾有过所谓“人道主义”和“仁爱”的行为，并以此诋毁我的名誉。嗯，我要这样回答那些对我的恶名的毫无根据的攻击。在本次广播之后，我要发表一份黑文件，向大家证明，在他们所谓的“人道主义”和“仁爱”的行为中，我的唯一动机就是政治上的自私自利；而对于除我之外其他人的福祉，如果说不是彻底地蔑视和鄙夷的话，我也是不折不扣地冷漠无视。我相信那份黑文件能够清楚地证明，如果除了我和我的职业生涯之外有任何东西获益，那一定是偶然现象，绝非我的本意。

我并不是说，想当你们的魔鬼，就可以忽视自己无意中可能做出的好事。我只是向你们承认，我在地球上的时候，凶恶的程度还不够。但我相信，地狱中的绝大多数恶魔在人世间的时候都不是十足的邪恶，大家一定和我一样，都很后悔没有抓住所有机会，良心一定都有些不安。但大家一定要有清楚的认识：人类要受到很多限制和弱点的重负，比如良心、谨慎和考虑自己的名誉。但我已经不是一个人了。即便是美国总统，也不能随心所欲地作恶，因为总有各种障碍来阻挠他充分发挥自己作恶的能力。我也不再是美国总统了。我终于成了地狱的公民。我要告诉你们，这既是莫大的挑战，也是极大的机遇。正因为这样，我可以向你们——我的地狱同胞们保证，在这里，没有任何上锁的牢房，也没有任何神圣的东西，你们将看到一个崭新的迪克松。我还是一个美国人的时候只能梦想成为这样的迪克松。这个迪克松谦卑地向大家承诺，他有足够的经验和精力，去成为你们所有堕落灵魂值得拥有的魔鬼。

现在，为了让今晚提问的四位恶魔能够继续向撒旦和我本人提问——顺便说一下，我欢迎他们的问题——我现在就要结束我的开场陈述。但在结束之前，我要向地狱居民澄清最后一点。我是邪恶国度的新来者。但我也是个历史研究者，我必须说，在阅读现任政府的档案时，尤其是关于现任政府与正义王国之间关系的档案时，我颇感震惊，因为现任政府的态度是明目张胆的绥靖；我不得不遗憾地说，是直截了当的丧权辱国、卖国求荣。我说的当然就是著名的约伯案件。

我知道，撒旦为了给自己在此案中的行为做辩护，已经向诸位详细介绍了他给这个好人约伯施加的痛苦。撒旦的确是无所不用其极地去折磨约伯，这一点我不否认。他屠戮了约伯的羊群和仆人，并且让约伯从头到脚长满了令人作呕的恶疮。我不会刻意贬低撒旦的事迹来抬高自己。毋庸置疑，撒旦设计的“痛苦和惩罚”计划在当时的情境下是恰如其分的。

但在事情过了几千年之后，仍然遗留着一个问题：撒旦设计那个计划，得到了谁的支持，为的又是谁的利益？是得到了地狱的支持吗？是为了邪恶事业的利益吗？

我的地狱同胞们，答案是，并非如此。如果你们和我一样读一下档案，恐怕就会发现，你们的魔鬼是在天堂的支持下，站在正义一边，设计和执行了针对约伯的“痛苦和惩罚”计划。另外，这个计划消耗了我方大量资源。如果你们和我一样读一下档案，恐怕就会发现，你们的魔鬼是从上帝本人那里接受命令的。你们恐怕会发现，你们的魔鬼连不经上帝许可就作恶的胆量都没有。你们恐怕会发现，撒旦折磨约伯，不是为了让约伯不再顺从上帝，不是为了毁灭约伯，而是为了实践上帝的正义——更糟糕的是，还要让上帝的正义之光传播四海。

撒旦在此次竞选中已经多次声称，我歪曲了他在约伯案件中扮演的角色。为了让诸位对此事彻底地一目了然，我要利用剩下的几分钟时间，将上帝与撒旦当时会议的记录原原本本地读给大家听。我要请诸位堕落放荡、伤风败俗的灵魂来自行判断，我在竞选过程中提出的指控，也就是我今晚在此次广播中重复的指控，究竟是不是“对历史的厚颜无耻的歪曲和明目张胆的曲解”。我请诸位自行判断，撒旦究竟是不是像他自己说的那样，“穷凶极恶地”“无恶不作地”为邪恶的事业奋斗，还是，用平白易懂的话来说，遵从着上帝的旨意。

此刻我的爪子里拿着的文件叫做《圣经》。它是不会撒谎的。所以我们的敌人才这么信奉它。这是他们史上排名第一的畅销书。他们用这本书给自己的孩子洗脑。他们意图用来征服世界的真理都包含在这本书里。每一页上都有足够多的智慧和美，足以让地狱的每一个忠诚和勤奋的公民作呕和愤慨。

我来给大家读一读《圣经》里记载的上帝和撒旦的秘密会谈内容：①

上帝：你从哪里来？

撒旦：我从地上走来走去，往返而来。

上帝：你曾用心察看我的仆人约伯没有。地上再没

① 以下内容皆出自《旧约·约伯记》。

有人像他完全正直，敬畏神，远离恶事。

撒旦：约伯敬畏神，岂是无故呢。你岂不是四面圈上篱笆，围护他和他的家，并他一切所有的吗？他手所作的，都蒙你赐福。他的家产也在地上增多。你（**我仍在引用撒旦的原话**）且伸手，毁他一切所有的，他必当面弃掉你。

上帝：凡他所有的，都在你手中。只是不可伸手加害于他。

上帝给撒旦的指示就是这样。撒旦是怎么做的呢？一丝不苟地执行上帝的命令。是的，我的地狱同胞们，你们的魔鬼变成了上帝的怒火的工具。

我来为大家读一读邪恶之皇与和平的上帝之间第二次秘密会议的记录，此次会议的地点不详。为了简便起见，我只读出关系最重大的部分。

上帝（说到约伯）：他仍然持守他的纯正。

撒旦：……你且伸手，伤他的骨头和他的肉，他必当面弃掉你。

上帝：他在你手中，只要存留他的性命。

撒旦在接受了第二道命令之后，又做了些什么呢？我来读《圣经》里的相关部分给你们听。“于是撒旦从耶和华面前退去，击打约伯，使他从脚掌到头顶长毒疮。”

撒旦有没有遵循上帝的意旨，饶过约伯的性命呢？回答是肯定的，他就是这么做的。

我相信，大家都记得这个故事的悲惨结局。约伯的信仰坚贞不屈，其力愈猛，其势更烈。至于约伯，按照《圣经》的记载，“耶和华后来赐福给约伯，比先前更多”。

（滑头合上《圣经》，用爪背快速地擦去自己鳞片上的汗水）

我的地狱同胞们，我向撒旦发出挑战，看他能不能驳斥我今晚在此提出的指控。我向撒旦发出挑战，看他能不能否认自己在约伯案件中扮演的角色。我向他挑战，看他能不能否认自己心甘情愿、蓄意地为地狱的不共戴天之敌效力。我向他挑战，看他能不能否认，如果这不是直截了当的叛变的话，也是丧心病狂地无视邪恶力量的安全利益，让我们不禁怀疑，撒旦是不是正义一方的爪牙。

撒旦可能会把自己的行为称作“穷凶极恶”“无恶不作”。但我把他的所作所为叫做屈膝投降。我告诉你们，天堂的领袖一定也是这么说的。请大家一定要认识清楚，因为我了解我们的敌人。我见过他们的代表。我知道他们是多么冷酷和狂热的家伙，我可以向你们保证，如果你们屈从于他们的意志，如果你们以为，向他们投降之后，他们就不会让一个灵魂投到正义一方，就大错特错了。那只会刺激他们的胃口，去索取更多的灵魂。因为和平的上帝要的不只是约伯。他要的是所有的约伯。如果我们不努力每一次都阻止他的话，我的朋友们，终将会有一天，他会来敲打地狱的大门。

所以我才说，我们必须停止对和平的上帝的绥靖政策。所以我才说，我们必须加紧活动，在这场争夺人类的头脑、心灵和灵魂的战争中发动一场新攻势。我们正在打的是一场意识形态的战争，所以我们需要一个愿意且能够坚守自己理想的魔鬼。起决定作用的不是一个恶魔的角的尺寸或他的年龄，而是他要用角做些什么。你们今晚要评判的应当是我们的一生。是我们的理念。是我们的信仰。今晚我要告诉你们的是，历史的大潮在我们这一边，我们能让它一直在我们这一边，因为我们站在正确的一边，也就是邪恶的这边。请大家认识清楚：如果我当选魔鬼，我就要让邪恶力量最终取胜；我要让我们的孩子，以及我们的孩子的孩子，永远不必忍受正义与和平的恐怖折磨。

谢谢大家。

我又看见一位天使从天降下，手里拿着无底坑的钥匙，和一条大链子。他捉住那龙，就是古蛇，又叫魔鬼，也叫撒旦，把他捆绑一千年，扔在无底坑里，将无底坑关闭，用印封上，使他不得再迷惑列国……

——《启示录》

Philip Guston

Untitled

1971

Ink on paper

26.7 x 35.2 cm / 10 1/2 x 13 7/8 inches

Cover photo: detail of the work

Philip Roth
OUR GANG

图字：09－2018－727 **号**

图书在版编目(CIP)数据

我们这一帮／(美)菲利普·罗斯(Philip Roth)著；陆大鹏译．—上海：上海译文出版社，2020.10
(菲利普·罗斯全集)
书名原文：Our Gang
ISBN 978－7－5327－8524－7

Ⅰ.①我… Ⅱ.①菲… ②陆… Ⅲ.①讽刺小说—美国—现代 Ⅳ.①I712.45

中国版本图书馆 CIP 数据核字(2020)第 178604 号

我们这一帮
[美] 菲利普·罗斯　著　陆大鹏　译
出版统筹/赵武平　责任编辑/邹　欢　装帧设计/COMPUS·汐和

上海译文出版社有限公司出版、发行
网址：www.yiwen.com.cn
200001　上海福建中路 193 号
杭州宏雅印刷有限公司印刷

开本 890×1240　1/32　印张 6.25　插页 5　字数 87,000
2020 年 12 月第 1 版　2020 年 12 月第 1 次印刷
印数：0,001—5,000 册

ISBN 978－7－5327－8524－7/I·5245
定价：64.00 元